Running Blind
A Helen Grace Short Story

Course à l'aveugle
Une nouvelle de la série Helen Grace

Langues pour tous

Collection créée par Jean-Pierre Berman, Michel Marcheteau et Michel Savio, et dirigée par Ismène Cotensin

ANGLAIS Série bilingue

Niveaux : ❑ facile ❑❑ moyen ❑❑❑ avancé

Littérature anglaise et irlandaise

- **Conan Doyle** ❑
  Nouvelles (6 volumes)
- **Kinsella (Sophie), Weisberger (Lauren)**
  Love and the City ❑
- **Kipling (Rudyard)** ❑
  Deux nouvelles
- **Maugham (Somerset)** ❑
  Nouvelles brèves
- **Tolkien (J.R.R.)**
  Les Aventures de Tom Bombadil
- **Wells (H.G.)**
  Mondes parallèles
- **Wilde (Oscar)**
  Nouvelles ❑
  Il importe d'être constant ❑

Ouvrages thématiques

- **L'Humour anglo-saxon** ❑
- **300 blagues britanniques et américaines** ❑❑

Littérature américaine

- **Kennedy (Douglas)** ❑❑
  Drôle de drague et Délit de fuite
- **Poe (Edgar)** ❑❑❑
  Trois nouvelles
- **London (Jack)** ❑❑
  Histoires du Grand Nord

Anthologies

- **Nouvelles GB/US d'aujourd'hui** ❑❑ (2 vol.)
- **Très courtes nouvelles anglaises et américaines**
  (volumes 1 à 5)
- **Nouvelles américaines classiques** ❑❑
- **Nouvelles anglaises classiques** ❑❑

Autres langues disponibles dans les séries de la collection

Langues pour tous

ALLEMAND · ANGLAIS · ARABE · ESPAGNOL · FRANÇAIS · GREC · ITALIEN
JAPONAIS · LATIN · NÉERLANDAIS · POLONAIS · PORTUGAIS · RUSSE

M.J. ARLIDGE

Running Blind

A Helen Grace Short Story

Course à l'aveugle

Une nouvelle de la série Helen Grace

Traduction et notes par
Elsa Colombani

POCKET

MIXTE
Papier issu de sources responsables
FSC® C003309
www.fsc.org

L'éditeur de cet ouvrage s'engage dans une démarche de certification FSC® qui contribue à la préservation des forêts pour les générations futures.

Pour en savoir plus :
www.editis.com/engagement-rse/

ISBN : 978-2-266-32744-2
Dépôt légal : juin 2022

Sommaire

Prononciation

Sons voyelles

[ɪ] **pit**, un peu comme le *i* de *site*

[æ] **flat**, un peu comme le *a* de *patte*

[ɒ] ou [ɔ] **not**, un peu comme le *o* de *botte*

[ʊ] ou [u] **put**, un peu comme le *ou* de *coup*

[e] **lend**, un peu comme le *è* de *très*

[ʌ] **but**, entre le *a* de *patte* et le *eu* de *neuf*

[ə] jamais accentué, un peu comme le *e* de *le*

Voyelles longues

[iː] **meet** [miːt], cf. *i* de *mie*

[ɑː] **farm** [fɑːʳm], cf. *a* de *larme*

[ɔː] **board** [bɔːʳd], cf. *o* de *gorge*

[uː] **cool** [kuːl], cf. *ou* de *mou*

[ɜː] **firm** [fɜːʳm], cf. *eu* de *peur*

Semi-voyelle

[j] **due** [djuː], un peu comme *diou...*

Diphtongues (voyelles doubles)

[aɪ] **my** [maɪ], cf. *aïe !*

[ɔɪ] **boy** [bɔɪ], cf. *oyez !*

[eɪ] **blame** [bleɪm], cf. *eille* dans *bouteille*

[aʊ] **now** [naʊ], cf. *aou* dans *caoutchouc*

[əʊ] **no** [nəʊ], cf. *e* + *ou*

[ɪə] **here** [hɪəʳ], cf. *i* + *e*

[ɛə] **dare** [dɛəʳ], cf. *é* + *e*

[ʊə] **tour** [tʊəʳ], cf. *ou* + *e*

Consonnes

[θ] **thin** [θɪn], cf. *s* sifflé (langue entre les dents)

[ð] **that** [ðæt], cf. *z* zézayé (langue entre les dents)

[ʃ] **she** [ʃiː], cf. *ch* de *chute*

[ŋ] **bring** [brɪŋ], cf. *ng* dans *ping-pong*

[ʒ] **measure** [ˈmeʒəʳ], cf. le *j* de *jeu*

[h] le *h* se prononce ; il est nettement expiré

Accentuation

ˈ – accent unique ou principal, comme dans mother [ˈmʌðəʳ]

ˌ – accent secondaire, comme dans photographic [ˌfəutəˈgræfɪk]

ʳ indique que le **r**, normalement muet, est prononcé en liaison ou en américain

Comment se servir de la série « Bilingue »

Cet ouvrage de la série « Bilingue » permet au lecteur :

• d'avoir accès aux versions originales de textes célèbres en anglais, et d'en apprécier, dans les détails, la forme et le fond ;

• d'améliorer sa connaissance de l'anglais, en particulier dans le domaine du vocabulaire dont l'acquisition est facilitée par l'intérêt même du récit, et le fait que mots et expressions apparaissent en situation dans un contexte, ce qui aide à bien cerner leur sens.

Cette série constitue donc une véritable méthode d'auto-enseignement, dont le contenu est le suivant :

• page de gauche, le texte anglais ;

• page de droite, la traduction française ;

• bas des pages de gauche et de droite, une série de notes explicatives (vocabulaire, grammaire, etc.).

Les notes de bas de page aident le lecteur à distinguer les mots et expressions idiomatiques d'un usage courant, et qu'il lui faut mémoriser, de ce qui peut être trop exclusivement lié aux événements et à l'art de l'auteur.

Il est conseillé au lecteur de lire d'abord l'anglais, de se reporter aux notes et de ne passer qu'ensuite à la traduction ; sauf, bien entendu, s'il éprouve de trop grandes difficultés à suivre le récit dans ses détails, auquel cas il lui faut se concentrer davantage sur la traduction, pour revenir finalement au texte anglais, en s'assurant bien qu'il en a dès lors maîtrisé le sens.

Né en 1974 au Royaume-Uni, **Matthew Arlidge** suit ses études à Cambridge au prestigieux St John's College puis à l'Université de Bristol. C'est à la télévision, en tant que scénariste pour la BBC, qu'il débute sa carrière. Recruté à la tête de la branche télévision d'Écosse Films, il produit de nombreuses séries à succès, comme *Mistresses* (2008-2010) et *Meadowlands* (2007) dont le casting haut de gamme réunit les acteurs Tom Hardy, David Morrissey et Felicity Jones. Il crée ensuite sa propre société de production en 2007. En parallèle de ses succès télévisés, Arlidge publie son premier roman policier en 2014, *Am stram gram*, où Helen Grace, l'inspectrice charismatique, traque un tueur en série. Au fil des romans suivants, l'auteur poursuit les aventures palpitantes de son héroïne, notamment dans *La Maison de poupée* (2015), *Oxygène* (2016), *À la folie, pas du tout* (2017) ainsi que dans deux nouvelles, *Point de non-retour* (2016) et *Chasse à mort* (2016).

Elsa Colombani est docteure en langues et littératures anglophones, agrégée d'anglais, et spécialiste de cinéma américain. Active dans la recherche internationale, on compte parmi ses publications récentes, « All of Us Cannibals – Eating Bodies in *Charlie and the Chocolate Factory* et *Sweeney Todd* » dans *Tim Burton's Bodies*, édité par Stella Hockenhull et Fran Pheasant-Kelly (Edinburgh University Press, 2021) et la coordination de l'ouvrage *A Critical Companion to Stanley Kubrick* (Lexington Books, 2020). En tant que rédactrice freelance, elle collabore fréquemment à *Revus & Corrigés*, *Slate.fr* et la revue *Études*.

Running Blind
A Helen Grace Short Story

Course à l'aveugle
Une nouvelle de la série Helen Grace

1

He stumbled forward, tearing[1] at the undergrowth. His hands were covered in blood, ravaged by thorns[2], but he didn't waver[3]. His pursuers were close now and hesitation would be fatal. He *had* to get out of the forest. So, even as another branch ripped across his face, he pressed on, clawing at[4] the unyielding[5] foliage.

And now he caught a break[6], crashing through the thick bushes and onto the grass beyond. His chin crunched on the frozen turf[7] and for a moment his head swam. But already he was scrambling to his feet, driven on by instinct, by a desire to live. The dogs had reached the dense bushes and were trying to break through[8], snarling and barking all the while. Turning away from them, the desperate fugitive suddenly saw the dual carriageway not fifty yards[9] away. It was busy today, with endless[10] cars and lorries[11] roaring past. Enough to make the dogs think twice.

Limping heavily, he hobbled[12] across the crisp grass. He was going as fast as he could, getting ever closer to salvation, but a sudden burst of barking made him turn. One of the dogs had wriggled through[13] the bushes and was bounding towards him, jaws[14] open and ready.

It was a straight race now. But even as he scrambled towards the road, he felt his will[15] fail him. His legs didn't seem to want to move, there were tears in his eyes. He suddenly knew he would die here in this strange place, separated from friends and family. And yet he was so close, the road just fifteen yards away …

---

1. **To tear** [teəʳ], **tore, torn :** *déchirer, arracher.*
2. **Thorn :** *épine.*
3. **To waver :** *hésiter, faiblir.*
4. **To claw at :** *griffer.*
5. **Unyielding :** *rigide, inflexible, inébranlable* ; **to yield :** *céder.*
6. **To catch a break :** *avoir de la chance.*
7. **Turf :** *gazon, pelouse.*
8. **To break through :** *percer, franchir.*
9. 1 **yard** correspond à 0,914 mètre.
10. **Endless :** *sans fin.* Le suffixe **-less** indique la privation. On le place à la suite d'un nom pour former un adjectif.

Chapitre 1

Il trébucha en avant, arrachant des broussailles. Ses mains étaient couvertes de sang, ravagées par les épines, mais il ne perdit pas courage. Ses poursuivants étaient désormais à proximité, une hésitation lui serait fatale. Il lui fallait absolument sortir de la forêt. C'est pourquoi, lorsqu'une branche lui tailla de nouveau le visage, il continua, s'agrippant à l'implacable feuillage.

À cet instant, il eut de la chance, traversa les buissons épais avant de s'effondrer sur l'herbe qui se trouvait derrière. Son menton heurta le gazon gelé, la tête lui tourna quelques instants. Mais voilà que déjà il se hissait péniblement sur ses pieds, guidé par son instinct, son désir de vivre. Les chiens avaient atteint les buissons épais et tentaient de les franchir, grognant et aboyant tout du long. Se détournant d'eux, le fugitif désespéré vit soudain la route à deux voies, à cinquante mètres à peine. C'était fréquenté aujourd'hui, un défilé de voitures et de camions passait en trombe. Suffisamment pour que les chiens y réfléchissent à deux fois.

Boitant lourdement, il traversa l'herbe fraîche en claudiquant. Il allait aussi vite qu'il le pouvait, le salut se faisant toujours plus proche, quand soudain une rafale d'aboiements le fit se retourner. Un des chiens s'était frayé un chemin au travers des buissons et se dirigeait vers lui, la gueule ouverte et prêt à l'attaque.

Désormais, la course était en ligne droite. Mais tandis qu'il se précipitait vers la route, il sentit sa volonté l'abandonner. Ses jambes ne semblaient plus vouloir bouger, ses yeux s'emplissaient de larmes. Il comprit soudain qu'il allait mourir dans ce lieu étrange, séparé de ses amis et de sa famille. Et pourtant, il était si près, la route n'était plus qu'à quinze mètres…

---

11. **Lorry** (GB) **:** *camion.*
12. **To hobble :** *boitiller, boiter.*
13. **To wriggle :** *se tortiller.*
14. **Jaw :** *mâchoire.*
15. **Will :** *volonté, détermination.* En droit : *le testament, les dernières volontés.*

He could sense[1] the dog closing in on[2] him. He knew that at any moment he would feel the sharp teeth sink into him, would feel himself being dragged back towards the woods. With a last burst of energy, he threw himself forward and, just as the leading[3] dog caught hold of his ankle[4], he pulled clear, his feet finding the warm tarmac[5] of the road.

The cars were roaring past[6] but he pressed on, dodging a hatchback in the slow lane. Without turning, he knew that the dog had already given up[7] the chase, scared off by the traffic[8]. He had escaped them, he was free.

A dark saloon[9] roared past, its horn[10] blaring, but he ignored it, hurrying on across the fast lane. He would rest up on the central reservation[11], then decide what to do nex—[12]

An anguished squeal of brakes, then the van smashed into[13] him, catapulting him backwards[14] onto the tarmac. His head hit the ground with a sickening[15] crunch and he rolled over several times, before eventually coming to rest in the middle of the road.

---

1. **To sense :** *deviner, percevoir* (*pas toujours de façon très claire*).
2. **To close in on :** *rattraper, se rapprocher de, se refermer sur.*
3. **Leading :** *premier, principal, à l'avant.*
4. **Ankle :** *cheville.*
5. **Tarmac :** *bitume, goudron.*
6. **To roar past :** (fig. pour parler de la circulation) *gronder.*
7. **To give up :** *abandonner, arrêter de faire qqch.*
8. **Traffic :** *circulation, trafic.*
9. **Saloon** (GB) **:** *berline.*

Il sentait le chien le rattraper. Il savait qu'à tout moment il allait percevoir la morsure de ses dents acérées et être traîné en arrière, vers les bois. Dans un dernier sursaut d'énergie, il s'élança en avant et, tandis que le chef de la meute attrapait sa cheville, il s'en arracha, ses pieds rencontrèrent le bitume chaud de la route.

Les voitures passaient à toute vitesse mais il s'avança, esquivant une voiture à hayon sur la voie des véhicules lents. Sans se retourner, il sut que le chien avait déjà abandonné sa poursuite, effrayé par la circulation. Il leur avait échappé, il était libre.

Une berline sombre lui passa devant, faisant retentir son klaxon, mais il l'ignora pour se dépêcher de traverser la voie rapide. Il se reposerait sur le terre-plein central, puis déciderait quoi faire ensuite.

Un crissement de freins angoissant, puis la camionnette le percuta, le catapultant en arrière sur le bitume. Sa tête frappa le sol dans un craquement révulsant et il roula plusieurs fois sur lui-même avant de finir par s'immobiliser au milieu de la route.

---

10. **Horn :** *klaxon.*
11. **Central reservation** (GB) **:** *terre-plein central.*
12. **Nex— :** le mot **next** (*par la suite*) est délibérément tronqué pour souligner la brutalité de l'interruption qui survient.
13. **To smash into :** *percuter, foncer dans, frapper de plein fouet.*
14. **Backwards :** en arrière.
15. **Sickening :** *écœurant, ignoble.* Cf. **sick :** *malade*; **to feel sick :** *avoir envie de vomir.*

2

WPC[1] Helen Grace looked at herself in the mirror. A stray hair hung[2] over her face and she pulled it away quickly, teasing it expertly back into her scrunchy. The person looking back at her was youthful[3], but pale. Eighteen years old, Helen was still finding her look, vacillating between minimal makeup and no makeup at all. She was striking[4], attractive even, but however much foundation and blusher she used, she never managed to inject any colour into her cheeks. Her colleagues used to[5] joke that she was a vampire, a young woman risen[6] from the dead. She often felt like that, but in some ways her pallid look suited her. She was a police officer now and a sober, unflustered[7] countenance lent her a calm authority.

Helen had enrolled[8] at Hampshire's Police Training Centre as soon she turned eighteen and was now completing her rotations[9]. Data Profiling had been dull, Community Outreach[10] had been rewarding, but it was her current posting with the Transport Police that she'd enjoyed[11] the most. Many of her fellow graduates found this odd. Transport was traditionally the preserve[12] of petrol heads[13] and more glamorous postings were to be found elsewhere – CID[14] of course, or terrorism, given that the IRA[15] were having a particularly active year.

---

1. **WPC** (GB) = **woman police constable**; **constable :** *agent de police, gendarme.*
2. **To hang, hung, hung :** *tomber, pendre.*
3. **Youthful = full of youth, young.**
4. **Striking :** *saisissant, frappant, attirant.*
5. « **Used to** + infinitif » s'utilise pour exprimer une action ou une habitude révolue qui appartient au passé.
6. **To rise, rose, risen = to stand up.**
7. Cf. **to fluster :** *troubler, agiter.*
8. **To enroll :** *s'inscrire.*
9. **Rotation :** *rotation, roulement, stage lors d'une formation professionnelle.*
10. **Outreach :** *programme de proximité, de sensibilisation.*
11. **To enjoy = to appreciate.**
12. **Preserve :** *domaine.*

Chapitre 2

L'agente de police Helen Grace se regarda dans le miroir. Une mèche de cheveux pendait sur son visage, elle la retira rapidement et, d'une main experte, la remit dans son chouchou. Son reflet lui renvoyait l'image d'une personne juvénile, mais pâle. À dix-huit ans, Helen était encore en train de chercher son style, hésitant entre un maquillage minimal et pas de maquillage du tout. Elle était belle, séduisante même, mais peu importe le nombre de fonds de teint et de fards qu'elle utilisait, elle ne parvenait jamais à injecter un peu couleur dans ses joues. Ses collègues avaient coutume de plaisanter en disant qu'elle était un vampire, une jeune femme revenue d'entre les morts. Elle se sentait souvent ainsi, mais d'une certaine façon son apparence blafarde lui allait bien. Elle était désormais policière et son visage sobre et imperturbable lui conférait une autorité calme.

Helen s'était inscrite à l'école de police du Hampshire dès son dix-huitième anniversaire et terminait à présent ses stages de formation. Le profilage de données s'était révélé ennuyeux, la sensibilisation communautaire gratifiante, mais c'était son poste actuel à la Brigade motocycliste qu'elle avait le plus apprécié. La plupart de ses condisciples trouvaient ça bizarre. Les motos étaient traditionnellement l'apanage des fous du volant et des affectations plus glamours pouvaient se trouver ailleurs – à la Brigade criminelle bien sûr, ou à l'Antiterrorisme, puisque l'IRA était particulièrement active cette année.

---

13. **Petrol heads :** (fam.) *fous du volant.*
14. **CID = Criminal Investigation Department** ; équivalent de la Brigade criminelle.
15. **Irish Republican Army** (*Óglaigh na hÉireann* en gaélique). Armée officielle du parti nationaliste Sinn Féin, l'IRA mène des actions violentes pour obtenir l'indépendance de l'Irlande, proclamée en 1948. L'IRA poursuit ses actions pour obtenir la réunification de l'Irlande du Nord à l'Irlande du Sud et multiplie les attentats en Irlande du Nord ainsi qu'en Grande-Bretagne qui durcit sa répression (la bavure militaire du Bloody

But Helen enjoyed her role and always looked forward to[1] another day at their rundown[2] HQ in Totton[3]. She was a fish out of water for sure, a quiet, efficient woman in a sea of boisterous[4], old-school males, but you had more independence here and there was more variety in your work. You never patrolled the same beat twice and each day was different. And then, of course, there were the bikes.

Helen had always had a thing about[5] motorbikes. As a teenager she and her sister had lifted[6] mopeds from the streets of South London, riding the stolen bikes as fast as they could around the local estates. Ever since those days she'd loved the power, the feeling of independence that a bike gives you. As a kid it had allowed her to dream of escape – speeding off to a happier[7] future – and as a young adult she'd relished[8] the solo nature of the experience. Just her and the elements, the wind coursing over her as she pushed her bike to the max.

With the bike came the uniform. Donning[9] the standard police outfit had given Helen a thrill, but the Transport uniform was even better. She still got a buzz[10] as she put on her leathers[11] every morning, the crowning glory being the moment when the helmet went on. It felt snug[12], kept the world at one remove and best of all it hid her identity.

Sunday, les emprisonnements sans jugement de républicains par Margaret Thatcher dans les années 1980 marquées par la grève de la faim et la mort de l'activiste Bobby Sands). Les négociations s'apaisent avec « les Accords du Vendredi saint » de 1998 qui permettent à l'Irlande du Nord de communiquer et coopérer avec la République d'Irlande grâce à son Assemblée officielle. En 2005, l'IRA annonce la fin de sa lutte armée. D'autres groupuscules radicaux ont encore aujourd'hui recours à des actions violentes pour réclamer la libération de l'Irlande du Nord.

1. **To look forward to :** *attendre avec impatience.*
2. **Rundown :** *délabré, décrépit.*
3. **Totton** est une ville située dans le Hampshire en Angleterre, à l'ouest de la ville de Southampton.
4. **Boisterous :** *turbulent, bruyant.*
5. **To have a thing about :** *avoir un faible pour.*

Mais Helen appréciait son rôle et se réjouissait toujours de la perspective d'une nouvelle journée au QG décrépit de Totton. Pour sûr, elle n'était pas vraiment à sa place, une femme calme et efficace dans un océan d'hommes turbulents et vieille école, mais on y avait davantage d'indépendance et le travail était plus varié. On ne patrouillait jamais deux fois dans le même secteur et chaque jour était différent. Et puis, surtout, il y avait les motos.

Helen avait toujours eu un faible pour les motos. Adolescentes, sa sœur et elle avaient piqué des mobylettes dans les rues du sud de Londres, roulant sur les motos volées aussi vite que possible autour des lotissements. Depuis cette époque, elle adorait le pouvoir et le sentiment d'indépendance que lui procurait la moto. Quand elle était gamine, cela lui avait permis de rêver d'évasion – à toute allure vers un futur meilleur – et, jeune adulte, elle s'était délectée de la nature solitaire de l'expérience. Rien qu'elle et les éléments, le vent sifflant autour d'elle tandis qu'elle poussait la moto à sa vitesse maximum.

La moto venait avec un uniforme. Enfiler la tenue de police standard lui avait donné des frissons, mais l'uniforme des motards était encore mieux. Elle avait toujours une montée d'adrénaline en mettant son équipement de protection chaque matin, le moment de grâce étant celui où elle enfilait le casque. Elle s'y sentait bien au chaud, le monde maintenu à l'écart et surtout son identité dissimulée.

---

6. **To lift :** (fam.) *piquer, chourer.*
7. Pour former un comparatif, on ajoute le suffixe **-er** aux adjectifs d'une seule syllabe (**tall+-er = taller**) et le suffixe **-ier** aux adjectifs de deux syllabes (**happy + -ier = happier**). Pour les adjectifs de trois syllabes et plus, on place **more** devant l'adjectif (**more terrifying, more beautiful**...).
8. **To relish = to delight in, to enjoy.**
9. **To don :** *revêtir, enfiler.*
10. **To get a buzz :** (fam.) *prendre son pied en faisant qqch.*
11. **Leathers :** *vêtements de moto, équipement de protection* ; **leather :** *cuir.*
12. **Snug :** *douillet.*

Once she pulled the visor down, she became a number. No one could see her face, no one could recognize her, no one could tell if she was a man or a woman. She was completely anonymous.

Which, given her history, was exactly how Helen liked it.

Une fois la visière abaissée, elle devenait un numéro. Personne ne pouvait voir son visage, personne ne pouvait la reconnaître, personne ne pouvait savoir si elle était un homme ou une femme. Elle était entièrement anonyme.

Ce qui, étant donné son passé, était exactement ce qui plaisait à Helen.

3

'Can you hear me, son? Can you hear what I'm saying to you?'

Colin Patterson cast around desperately, but the faces crowding[1] around him looked as confused and horrified as he did, so he returned his attention to the young man in front of him. He had been thrown twenty feet[2] by the impact of the crash, ending up[3] flat on his back in the middle of the road, his limbs[4] contorted in a sickeningly unnatural pose.

Colin leant down and gently[5] tapped the man's cheek, once, twice, three times. But there was no response. Given[6] his injuries the man should have been in terrible pain, but in fact he was oddly still[7], his eyeballs rolling in their sockets[8], casting odd, mournful[9] looks up at the sky. Colin felt for a pulse and now found one – faint, but present. The man was still alive, though this was about the best that could be said for him.

'What's your name, son? Your name?'

'He looks foreign, perhaps he doesn't speak English,' a bystander[10] added unhelpfully.

'The ambulance is on its way[11], so you just hang in there[12],' Colin continued, ignoring this pointless[13] interjection.

He looked down the road, searching desperately for a flashing light. But the traffic was backing up[14] and it would take an age for the emergency vehicle to bully[15] its way through.

---

1. **To crowd :** *s'attrouper, se presser* ; **crowd :** *foule.*
2. Unité de mesure correspondant à la longueur d'un pied humain. 1 pied équivaut à environ 30 centimètres.
3. **To end up :** *se retrouver, finir.*
4. **Limb :** *member.*
5. **Gently :** *doucement, gentiment.*
6. **Given :** (prép.) *étant donné.*
7. **Still :** *immobile, calme, tranquille.*

Chapitre 3

« Est-ce que tu m'entends, mon grand ? Tu entends ce que je te dis ? »

Colin Patterson regarda désespérément autour de lui, mais les visages qui l'entouraient avaient l'air aussi déboussolés et horrifiés que lui, il reporta donc son attention sur le jeune homme qui était devant lui. Il avait été projeté six mètres plus loin par l'impact de la collision, atterrissant de tout son long au milieu de la route, ses membres tordus dans une pose contre nature et ignoble.

Colin se pencha et tapota doucement la joue de l'homme, une, deux, trois fois. Mais il n'eut pas de réponse. Étant donné ses blessures, l'homme aurait dû souffrir terriblement, mais en réalité il était étrangement tranquille, ses yeux roulant dans leurs orbites, jetant des regards étranges et éplorés vers le ciel. Colin chercha son pouls et en trouva un – faible mais présent. L'homme était toujours en vie, mais c'était bien le mieux qu'on pouvait dire de lui.

« C'est quoi ton nom, mon grand ? Ton nom ? »

« Il a l'air d'un étranger, peut-être qu'il ne parle pas anglais », ajouta de façon dérisoire un témoin.

« L'ambulance est en route, donc accroche-toi », continua Colin, ignorant ce commentaire inutile.

Il regarda la route, cherchant désespérément un gyrophare. Mais un embouteillage était en train de se constituer et il faudrait une éternité pour que le véhicule de secours puisse forcer le passage.

---

8. **Socket :** *orbite.*
9. **Mournful :** *affligé, éploré, lugubre* ; **to mourn :** *pleurer, être en deuil.*
10. **Bystander :** *témoin, spectateur.*
11. **On the way :** *en route, en chemin.*
12. **Hang in there :** interjection qui signifie *tiens bon ! courage !*
13. **Pointless = useless.**
14. **To back up :** (ici) s'accumuler.
15. Cf. **bully :** *brute, tyran* ; **to bully :** *persécuter, harceler.*

In some ways it was a miracle one was coming at all – there were no phone boxes on this section of the road and it was sheer[1] good luck that a jumped-up tosser[2] in a Range Rover had had a car phone, one that he was more than happy to show off[3].

The injured man's arm twitched[4] now, jerking suddenly upward, as a strange rattling[5] sound came from his lungs. His eyelids[6] were flickering rapidly now. What was going on? Was he having a heart attack? Some sort of seizure[7]?

'Does anyone have any medical training? Does anyone know what we should be *doing*?'

More shaking of heads and Colin thought he detected the gawpers[8] backing away[9] now, keen to avoid the responsibility of keeping the injured man alive. That role fell to him, crouching[10] over the poor guy, his hands coated[11] in another man's blood. He had hit him, he must[12] save him – that seemed to be the inescapable logic of the situation.

In the distance now, a faint siren. But as Colin turned back to the injured man to tell him the good news, he heard another sound. A long, deep sigh[13], stealing from the man's lips. His body seemed to deflate, as the last vestiges of his strength deserted him. Colin immediately put his arms under him, hauling[14] him up, holding him close.

'Are you ok, mate[15]?'

But the man didn't reply. He was already dead.

---

1. **Sheer :** *pur, simple.*
2. **Tosser :** (fam.) *branleur, connard.*
3. **To show off :** *exhiber, frimer.*
4. **To twitch :** *avoir un mouvement convulsif, tressaillir.*
5. **Rattling :** *râle.*
6. **Eyelid :** *paupière.*
7. **Seizure :** *crise, convulsion.*
8. Cf. **to gawp :** *rester bouche bée.*

D'une certaine façon, c'était un miracle que l'un d'eux vienne tout court – il n'y avait pas de cabines téléphoniques sur cette partie de la route et c'était par pure chance qu'un glandeur qui crânait au volant de sa Range Rover ait possédé un téléphone de voiture, qu'il n'avait été que trop ravi d'exhiber.

Le bras du blessé se mit à tressauter, pris de secousses soudaines, tandis qu'un râle étrange sortait de ses poumons. Ses paupières clignaient désormais rapidement. Que se passait-il ? Était-il en train d'avoir une crise cardiaque ? Une sorte de convulsion ?

« Est-ce que quelqu'un a une formation médicale ? Est-ce que quelqu'un sait ce qu'on devrait *faire* ? »

Les gens, bouche bée, secouèrent de nouveau la tête et Colin eut l'impression de les voir reculer à présent, désireux d'éviter la responsabilité de garder vivant l'homme blessé. Ce rôle lui incombait à lui, accroupi au-dessus du pauvre homme, ses mains couvertes du sang d'un autre. Il l'avait renversé, il devait le sauver – cela semblait être la logique incontestable de la situation.

À présent, au loin, le vague bruit d'une sirène. Mais lorsque Colin se retourna vers l'homme blessé pour lui annoncer la bonne nouvelle, il entendit un autre bruit. Un long et profond soupir s'échappait de ses lèvres. Son corps semblait se dégonfler, tandis que les derniers vestiges de sa force l'abandonnaient. Colin mit immédiatement ses bras sous son corps, le tirant à lui, le tenant au plus près.

« Ça va, mon vieux ? »

Mais l'homme ne répondit pas. Il était déjà mort.

---

9. **To back away :** *reculer*.
10. **To crouch :** *s'accroupir, se baisser*.
11. **To coat :** *couvrir, enrober, enduire* ; **coat :** *manteau*.
12. L'auxiliaire **must** exprime ici l'obligation, le devoir.
13. **Sigh :** *soupir*.
14. **To haul :** *tirer, porter*.
15. **Mate :** (GB, fam.) *mon pote, vieux*.

4

Helen sped[1] along the road, cruising past[2] the static lines of traffic. The A36[3] was always busy, but today had been particularly bad – the schools having broken up for Christmas just a couple of days earlier. The world and his wife[4] were on the move, keen to[5] get to friends and family before the big day. Except now of course they were going nowhere, miles[6] of stationary[7] traffic tailing back from the site of the crash[8].

There had been no time for Helen to settle[9] into the day. They had got the call first thing[10] – a potentially fatal injury at a notorious[11] accident black spot[12] – and Helen and her partner had hurried to the scene. She took point, Alan Mackie following just behind, and they had made good progress. They had overtaken[13] the ambulance, which was still labouring through the traffic, and were now approaching the crash site. Helen felt that familiar spike[14] of adrenaline that comes when you know you're going to be first on the scene.

They broke free[15] of the traffic and pulled up next to a ring of cars that surrounded a small group of people. Helen killed the engine[16], flicked out the stand and dismounted her bike in one fluid movement. Now she was walking towards the crowd, which parted for her as she approached. The scene that greeted[17] her was a pitiful one – a middle-aged man hunched over a broken soul[18].

---

1. **To speed, sped, sped :** *se dépêcher, aller à toute vitesse.*
2. **To cruise past :** *passer devant.*
3. Route nationale du sud-ouest de l'Angleterre, l'A36 relie Southampton à la ville de Bath et passe à proximité de plusieurs villes, dont Totton où se déroule le récit.
4. M. à m. « le monde et sa femme ». Expression britannique qui renvoie à un grand nombre de personnes dans un endroit particulier à un moment particulier (ici les vacances de Noël).
5. **Keen to :** *avoir très envie de, avoir hâte de.*
6. Un **mile** équivaut à environ 1,6 kilomètre.
7. **Stationary :** *à l'arrêt, stationnaire.*
8. **Crash :** *collision, accident.*

Chapitre 4

Helen roulait à toute allure, dépassant les rangées de véhicules à l'arrêt. L'A36 était toujours très fréquentée, mais aujourd'hui c'était particulièrement chargé – les écoles avaient fermé leurs portes pour Noël quelques jours plus tôt. Le monde entier était en déplacement, désireux de rejoindre amis et famille avant le grand jour. Sauf que maintenant, bien sûr, ils n'allaient nulle part, des kilomètres d'embouteillages s'étirant depuis le lieu de l'accident.

Helen avait à peine eu le temps de démarrer sa journée. Ils avaient reçu l'appel tôt le matin – une blessure potentiellement mortelle dans une zone d'accidents notoire – et Helen et son partenaire s'étaient précipités sur les lieux. Elle avait pris la tête, Alan Mackie suivant juste derrière, et ils avaient bien avancé. Ils avaient dépassé l'ambulance, qui peinait encore à avancer dans les embouteillages, et s'approchaient maintenant du lieu de l'accident. Helen ressentit cette montée d'adrénaline familière qui surgit quand vous savez que vous allez être le premier arrivé sur la scène.

Ils se dégagèrent de la circulation pour s'arrêter à côté d'un cercle de voitures qui entourait un petit groupe de personnes. Helen coupa le moteur, sortit la béquille et descendit de sa moto en un mouvement fluide. Elle se dirigeait maintenant vers la foule, qui s'écarta à son approche. Le spectacle qui l'attendait était désolant – un homme d'âge moyen se tenait penché sur une âme brisée.

---

9. **To settle :** *s'installer.*
10. **First thing = early in the morning.**
11. **Notorious :** *tristement célèbre.*
12. **Black spot :** *point noir, zone dangereuse.*
13. **To overtake :** *dépasser, doubler.*
14. **Spike :** *pic.*
15. **To break free :** *s'échapper, s'évader.*
16. **Engine :** *moteur.*
17. **To greet :** *accueillir.*
18. **Soul :** *âme.*

Helen had encountered several dead bodies before, but she never got used to it. This man had been a sentient[1] being half an hour ago – full of hopes, dreams, desires, contradictions. Now he was gone, a shattered[2] body lying on the tarmac. The middle-aged man crouching over him was looking very shaky, so Alan Mackie drew him away, urging the rest of the onlookers to return to their cars. A life had been lost today, but the road needed to be reopened – every minute it remained closed increased the risk of another accident. Begrudgingly[3] the drivers obliged, reluctant[4] to be drawn away[5] from the drama of the unfolding[6] tragedy, and Helen now turned her attention to the man who lay on the road in front of her.

He was a young, black man, probably no more than twenty-five years old. He lay in a heap[7] not far from the dented[8] van which had come to a rest at an awkward, diagonal angle. The dark skid marks[9] behind the van told its own story, as did the catastrophic injuries to the unfortunate victim. The left side of his head was badly traumatized, his ribcage[10] had collapsed[11] and blood coated his arms, face and torso. It was pointless, but Helen checked for a pulse. She would have to confirm to the arriving paramedics that he was dead, so it was best to get it over with[12]. As expected, there was nothing, his life force long since departed[13].

She would have to wait for a stretcher before attempting to move him off the road, so Helen gently patted down[14]

---

1. **Sentient** ['sentɪənt] **:** *conscient, sensible.*
2. **Shattered = broken, destroyed.**
3. **Begrudgingly :** *de mauvaise grâce, à contrecœur* ; **grudge :** *rancune.*
4. **Reluctant :** *réticent.*
5. **To draw away :** *éloigner, s'éloigner.*
6. **Unfolding :** *qui se déroule* ; **to unfold :** *se déplier, se dérouler.*
7. **Heap :** *tas, amas, monceau.*
8. Cf. **to dent :** *bosseler, cabosser.*

Helen avait déjà eu affaire à plusieurs cadavres, mais elle ne s'y était jamais habituée. Une demi-heure auparavant, cet homme était un être sensible – plein d'espoirs, de rêves, de désirs, de contradictions. Maintenant il était parti, rien qu'un corps en morceaux gisant sur le bitume. L'homme d'âge moyen accroupi au-dessus de lui avait l'air tellement éprouvé qu'Alan Mackie l'éloigna, exhortant les autres curieux à retourner à leurs voitures. Une vie avait été perdue aujourd'hui, mais il fallait rouvrir la route – chaque minute de fermeture supplémentaire augmentait le risque d'un autre accident. À contrecœur, les conducteurs s'exécutèrent, réticents de se voir éloignés d'une tragédie en train de se jouer, et Helen porta à présent son attention sur l'homme qui gisait devant elle sur la route.

C'était un jeune Noir, qui ne devait pas avoir plus de vingt-cinq ans. Il gisait comme une masse, non loin de la camionnette cabossée qui avait bizarrement fini sa course dans un angle en diagonale. Les traces sombres de dérapage derrière la camionnette racontaient leur propre histoire, tout comme les blessures catastrophiques de la malheureuse victime. Le côté gauche de sa tête était gravement touché, sa cage thoracique était enfoncée et du sang recouvrait ses bras, son visage et son torse. C'était inutile, mais Helen chercha un pouls. À l'arrivée des ambulanciers, elle devrait leur confirmer qu'il était mort, alors mieux valait en finir au plus vite. Comme elle s'y attendait, il n'y en avait pas, sa vie s'était éteinte depuis longtemps.

Il lui faudrait attendre une civière avant de tenter de le transporter hors de la route, alors Helen palpa délicatement

---

9. **Skid marks :** *traces de freinage, marques de dérapage.*
10. **Ribcage :** *cage thoracique* ; **rib :** *côte.*
11. **To collapse = to break, to fall apart.**
12. **To get it over with :** *en finir avec, se débarrasser de qqch ;.*
13. **To depart = to leave.**
14. **To pat down :** *tapoter, procéder à une fouille par palpation.*

the broken body, searching for a wallet, papers, anything that might help identify him. But there was nothing. His pockets were empty, he had no jewellery, no bag. He was travelling light and Helen's attention was now drawn to his soiled, tatty[1] clothing, to the dirt in his hair, to the thick film of plaque on his stained[2] teeth.

Odder still was the fact that this young man was barefoot[3]. Shoes can be thrown off in a heavy impact, but casting around Helen couldn't see any nearby. Besides, she'd never attended a crash in which someone's socks had been knocked off[4] and as she bent down to examine his feet, her interest was further piqued[5]. The soles of his feet were cut to ribbons, his ankles marked by deep gashes[6]. These were not crash injuries – these were presumably[7] inflicted *before* the accident. But how, and why?

Why had this mystery man risked everything to cross this very busy road? And what – or who – was he running from?

---

1. **Tatty :** *usé, miteux.*
2. Cf. **stain :** *tache* ; **to stain :** *tacher.*
3. **Barefoot :** *pieds nus, sans chaussures* ; **bare :** *nu, dénudé.*
4. **To knock somebody/something off somebody/something :** *faire tomber qqch, qqn.*

le corps brisé à la recherche d'un portefeuille, de papiers, de quelque chose qui pourrait aider à l'identifier. Mais il n'y avait rien. Ses poches étaient vides, il n'avait pas de bijoux, pas de sac. Il voyageait léger et l'attention d'Helen fut désormais attirée par ses vêtements usés et souillés, la saleté de ses cheveux, l'épaisse couche de tartre sur ses dents tachées.

Plus étrange encore était le fait que ce jeune homme était pieds nus. Des chaussures peuvent se perdre lors d'un impact violent, mais, jetant un coup d'œil autour d'elle, Helen n'en vit aucune à proximité. De plus, elle n'avait jamais vu personne se faire arracher ses chaussettes au cours d'un accident ; et, tandis qu'elle se penchait pour examiner ses pieds, son intérêt fut davantage piqué. La plante de ses pieds était en lambeaux, ses chevilles marquées par de profondes entailles. Ces blessures n'étaient pas liées à l'accident – elles avaient vraisemblablement été infligées *avant*. Mais comment, et pourquoi ?

Pourquoi cet homme-mystère avait-il tout risqué pour traverser cette route très fréquentée ? Et que – ou qui – fuyait-il ?

---

5. **To pick somebody's interest :** *piquer l'intérêt de, susciter l'intérêt de qqn* ; **piqued** : *piqué au vif.*
6. **Gash :** *entaille, balafre, déchirure.*
7. **Presumably = apparently, probably** ; cf. **to presume** : *supposer.*

5

'He came from nowhere. I swear I didn't see him ...'

Colin Patterson was sitting by the side of the road, swathed[1] in a police blanket. His body was still shaking, but he had moved out of the mute-shock phase. Alan Mackie had done his usual good work reassuring and consoling the unfortunate driver and Helen hoped to get some useful information out of him.

'He flashed in front of the windscreen[2], then ...'

Patterson couldn't say the words, staring[3] morosely at the body, which was now hidden from view beneath a blanket. The sight seemed to distress[4] Patterson and he wrapped his arms round himself as he began to cough. He barked vigorously for ten seconds or more, before eventually looking up at Helen.

'I don't suppose you've got a fag[5] on you?' he asked plaintively.

Helen did of course and, though she wasn't sure his lungs needed another, she handed[6] him one. He lit it and took a quick drag[7].

'So as you were driving, he cut across you from the left?' Helen asked.

Patterson nodded.

'He was heading towards[8] the central reservation?'

'I guess so[9]. But as soon as I'd seen him, I'd ... I'm not really sure where he was going ...'

'Tell me about what happened immediately after the crash,' Helen continued gently.

---

1. **To swathe :** *envelopper, emmailloter.*
2. **Windscreen** (GB) : pare-brise ; **windshield** (US).
3. **To stare :** *fixer, regarder fixement.*
4. **To distress :** *bouleverser, ébranler.*
5. **Fag** (GB) : (fam.) *clope, cigarette.*

Chapitre 5

« Il est sorti de nulle part. Je vous jure que je ne l'ai pas vu... »

Colin Patterson était assis sur le bord de la route, emmitouflé dans une couverture de survie. Son corps tremblait encore, mais il n'était plus en état de choc et était sorti de son silence. Comme d'habitude, Alan Mackie avait fait du bon travail en rassurant et en consolant le malheureux conducteur, et Helen espérait obtenir des informations utiles de sa part.

« Il a surgi devant le pare-brise, et ensuite... »

Patterson ne pouvait prononcer les mots, fixant d'un air sombre le corps qui était désormais soustrait aux regards sous une couverture. Cette vision sembla bouleverser Patterson qui, en serrant ses bras autour de lui, se mit à tousser. Il éructa vigoureusement pendant dix secondes ou plus, avant de finalement lever les yeux vers Helen.

« Vous n'avez pas de clope sur vous, j'imagine ? » demanda-t-il plaintivement.

Helen en avait une, évidemment, et même si elle doutait que ses poumons en aient besoin, elle lui en tendit une. Il l'alluma et en tira une bouffée rapide.

« Donc pendant que vous conduisiez, il vous a coupé la route par la gauche ? » demanda Helen.

Patterson hocha la tête.

« Il se dirigeait vers le terre-plein central ? »

« Je crois, oui. Mais dès que je l'ai vu, j'ai... je ne sais pas vraiment où il allait... »

« Parlez-moi de ce qui s'est passé immédiatement après la collision », poursuivit Helen avec douceur.

---

6. **To hand :** *donner, tendre qqch à qqn.*
7. **To take a drag :** *tirer une bouffée de cigarette.*
8. **To head towards :** *se diriger vers.*
9. **I guess so = I suppose so.**

'Well ... I stopped the van obviously. I got out, waited until the cars behind had stopped, then went over to him. Some guy was dialling[1] 999[2], so I told the poor fella[3] that it would be ok, that the ambulance was coming ...'

'Did you see anybody else nearby[4]? Immediately after the crash, I mean?'

'Well, obviously there were the other drivers —'

'I mean anybody else on foot[5]? Someone at the side of the road? A friend of his perhaps or ...'

Patterson thought back, taking another quick drag on his cigarette to ward off[6] a coughing fit[7].

'I don't think so. I was trying to comfort[8] him. The others were crowding around ... so, no, I didn't see anyone.'

Helen nodded[9] and was about to wrap up[10] the conversation, when Patterson suddenly said: 'Do you ... do you know who he is?'

Helen looked at him, saw the need in his eyes, but she had to be honest.

'No, I'm afraid we've no idea. But we'll find out.'

Patterson nodded, seeming to take some comfort from this. But Helen knew a long road lay ahead[11] of him. It wasn't his fault, but he had taken a life today and that would be a very hard cross to bear. It was going to be a bleak[12] Christmas for Colin Patterson this year.

---

1. Le prétérit en **be** + **-ing** est utilisé ici pour distinguer l'action en train de se dérouler (**was dialling**) au moment où Colin Patterson s'est approché de la victime. La juxtaposition du prétérit simple et du prétérit en **be** + **-ing** permet à l'auteur de souligner la multiplicité des actions et de refléter le chaos de la scène.
2. Numéro d'appel d'urgence au Royaume-Uni.
3. **Fella** (fam.) = **fellow** : *mec, gars.*
4. **Nearby** : *dans les environs, à proximité* ; **near** : *près.*
5. **On foot** : *à pied.*

« Eh bien… évidemment j'ai arrêté la camionnette. Je suis sorti, j'ai attendu que les voitures derrière moi s'arrêtent, puis je suis allé vers lui. Un type était en train d'appeler les secours, alors j'ai dit au pauvre gars que tout irait bien, que l'ambulance allait arriver… »

« Avez-vous vu quelqu'un d'autre à proximité ? Juste après la collision, je veux dire ? »

« Eh bien, évidemment, il y avait les autres conducteurs… »

« Je veux dire quelqu'un d'autre à pied ? Quelqu'un sur le bord de la route ? Un de ses amis, peut-être, ou… »

Patterson réfléchit, tirant une nouvelle bouffée de sa cigarette pour éviter une quinte de toux.

« Je ne crois pas. J'essayais de le réconforter. Les autres se pressaient autour… donc, non, je n'ai vu personne. »

Helen hocha la tête et était sur le point de clore la conversation, quand Patterson dit soudainement : « Est-ce que… est-ce que vous savez qui c'est ? »

Helen le regarda, vit l'attente dans ses yeux, mais se devait d'être honnête.

« Non, je crains que nous n'en ayons aucune idée. Mais nous allons le découvrir. »

Patterson hocha la tête, la réponse semblant lui apporter un certain réconfort. Mais Helen savait qu'une longue épreuve l'attendait. Ce n'était pas sa faute, mais il avait ôté une vie aujourd'hui et cette croix serait très lourde à porter. Le Noël de Colin Patterson allait être bien sombre cette année.

---

6. **To ward off :** *repousser, éloigner.*
7. **Coughing fit** ['kɒfɪŋ fɪt] **:** *quinte de toux.*
8. **To comfort** ['kʌmfəʳt] = **to console, to reassure**.
9. **To nod :** *hocher la tête.*
10. **To wrap up :** (fig.) *conclure.*
11. **To lie ahead :** *attendre, se profiler* ; v. irrég. : **to lie, lay, lain**.
12. **Bleak** [bliːk] **:** (à propos d'un lieu ou d'une situation) *sans chaleur humaine, sans joie, dur.*

6

Helen climbed to the top of the verge[1] and looked down at the road. The young man's body had been transferred to the awaiting ambulance and the traffic was starting to move again now. This human tragedy would become a brief spot on the local news, part of the traffic bulletin perhaps, and then the world would move on[2]. The young man would become just another statistic on the treacherous[3] A36.

Alan Mackie was wrapping up the formalities with the paramedics and it would soon be time for both of them to depart. But Helen wasn't ready to go just yet. Not when there were so many questions still unanswered. Starting at the point of impact, she had walked in a straight line to the side of the road, then climbed. Presuming[4] the victim had descended the bank[5] and run straight onto the road, she was probably standing[6] where he had less than an hour ago.

What had possessed him to leave this place of safety and throw[7] himself onto the busy road? Helen continued away from the road, cutting through[8] the rough[9] grass. There was nothing up here, no paths, no buildings, it was just a scrubby[10] patch of[11] land, bordered by woodland[12] on one side and the road on the other. The land had presumably been cleared during the road construction and was barren[13] now, nothing growing here except grass and weeds[14].

---

1. **Verge :** *bord, accotement.*
2. **To move on :** *passer à autre chose, poursuivre sa route.*
3. **Treacherous** ['tretʃərəs] : *traître, dangereux, fourbe.*
4. **To presume :** *présumer, supposer.*
5. **Bank :** *flanc* (*d'une colline*) ; pour parler d'une rivière, signifie *rive, berge.*
6. **To stand :** *se situer, se trouver, se tenir debout.*
7. **To throw, threw thrown :** *jeter, lancer.*

Chapitre 6

Helen grimpa en haut de l'accotement et contempla la route. Le corps du jeune homme avait été transféré dans l'ambulance qui attendait et la circulation commençait à reprendre. Cette tragédie humaine ferait l'objet d'un bref communiqué aux informations locales, peut-être dans le bulletin de l'info trafic, puis le monde passerait à autre chose. Le jeune homme ne deviendrait qu'une statistique de plus sur la dangerosité de l'A36.

Alan Mackie terminait les formalités avec les ambulanciers et il serait bientôt temps pour eux deux de quitter les lieux. Mais Helen n'était pas encore disposée à partir. Pas quand il y avait encore tant de questions sans réponse. En partant du point d'impact, elle avait marché en ligne droite jusqu'au bord de la route, puis était grimpée. Supposant que la victime avait descendu la berge et couru directement sur la route, elle se tenait là, probablement au même endroit que lui moins d'une heure auparavant.

Qu'est-ce qui lui avait pris de quitter ce lieu sûr pour se jeter sur cette route très fréquentée ? Helen continua à s'éloigner de la route, coupant par l'herbe rêche. Il n'y avait rien ici, pas de chemins, pas de bâtiments, rien qu'une parcelle de terre broussailleuse, bordée par la forêt d'un côté et la route de l'autre. Le terrain avait vraisemblablement été défriché pendant la construction de la route et était désormais en jachère, rien n'y poussait à part de la pelouse et des mauvaises herbes.

---

8. **To cut through :** *couper par.*
9. **Rough** [rʌf] **:** *rugueux, dur.*
10. **Scrubby :** *broussailleux, misérable.*
11. **Patch of :** *lopin, carré de.*
12. **Woodland :** *bois, région boisée.*
13. **Barren :** *stérile, aride.*
14. **Weed :** *mauvaise herbe.*

Helen walked on towards the trees. She'd hoped to take a brief look around but as she approached the woodland, she saw that her way was barred. Dense, tall bushes rose up[1] before her, their sharp[2] thorns discouraging further progress. Helen reached up[3] to touch one of them – they were half an inch[4] long and sharp with it – then crouched down to examine the ground. This too was littered[5] with thorns, making traversing it potentially hazardous[6].

Helen's mind was turning now and, as she straightened up[7], she saw something. A small piece of cloth[8] hanging from one of the branches. Putting her gloves on, Helen removed it from the thorn's point to examine it more closely. What she saw excited and worried[9] her. It was a piece of brown-and-white checked[10] cotton – the same pattern[11] that was on the dead man's shirt.

Helen took a step forward, peering into[12] the gloomy[13] forest. If he *had* run through this forest just before the accident, it was a pretty[14] desperate place to find himself, especially if he was barefoot. Helen strained[15] to penetrate the darkness within, wondering[16] what had driven him through this inhospitable[17] terrain. And as she did so, she heard it. Faint and far in the distance, but unmistakable[18].

The sound of dogs barking.

---

1. **To rise up :** *s'élever.*
2. **Sharp :** *tranchant, pointu, aiguisé.*
3. **To reach up :** *tendre le bras/la main vers le haut.*
4. **Inch :** *pouce.* 1 pouce équivaut à environ 2,5 centimètres.
5. **To litter :** *joncher.*
6. **Hazardous = dangerous, perilous.**
7. **To straighten up :** *se redresser.*
8. **Cloth :** *tissu, étoffe.*
9. **To worry :** *(s')inquiéter.*
10. **Checked :** *à carreaux.*

Helen continua à marcher vers les arbres. Elle espérait jeter un rapide coup d'œil aux alentours mais, en s'approchant de la forêt, elle vit que le passage était barré. Des buissons hauts et denses se dressaient devant elle, leurs épines pointues décourageant toute progression. Helen tendit la main pour en toucher une – elles étaient longues de plus d'un centimètre et acérées – puis elle s'accroupit pour examiner le sol. Lui aussi était jonché d'épines, ce qui rendait sa traversée potentiellement dangereuse.

Son cerveau tournait à plein régime et, en se redressant, Helen vit quelque chose. Un petit morceau de tissu accroché à l'une des branches. Mettant ses gants, Helen le retira de la pointe de l'épine pour l'examiner de plus près. Ce qu'elle voyait l'excitait et l'inquiétait. C'était un morceau de coton à carreaux marron et blancs – le même motif que celui de la chemise de l'homme retrouvé mort.

Helen fit un pas en avant, observant la forêt sombre. S'il avait vraiment couru à travers cette forêt juste avant l'accident, se retrouver dans un tel endroit était assez désespéré, surtout s'il était pieds nus. Helen fit un effort pour pénétrer l'obscurité de l'intérieur des bois, se demandant ce qui l'avait conduit sur ce terrain peu accueillant. Ce faisant, elle entendit quelque chose. Faible et lointain, mais facilement reconnaissable.

Le son de chiens qui aboyaient.

---

11. **Pattern :** *motif, dessin.*
12. **To peer into :** *regarder attentivement.*
13. **Gloomy :** (adj. dérivé de **gloom** : *obscurité*) *sombre, déprimant* ; *destiné à mal finir.*
14. **Pretty :** (adv.) *plutôt, assez.*
15. **To strain :** *faire un effort, s'efforcer de.*
16. **To wonder :** *s'interroger, se demander.*
17. **Inhospitable :** *inhospitalier, peu accueillant.*
18. **Unmistakable :** *facilement reconnaissable, caractéristique.*

7

'Do they even have shoes where he comes from?'

The portly[1] desk sergeant chuckled[2] at his joke, raising a laugh from his oppo[3] on the front desk[4].

'Not sure they even have clothes,' his mate replied. 'Must have half-inched[5] the ones he had on...'

More laughter, the officers oblivious[6] to Helen's obvious disapproval. She had returned to base with Alan and was now giving a detailed incident report to those whose job it was to file the particulars. But her colleagues seemed largely uninterested, intent on[7] making each other laugh. Out in the real world, they would have been obliged to be respectful and considerate[8], but behind closed doors they felt liberated to be as unpleasant and tasteless[9] as they desired.

'What are we going to put on the form, love[10]?' the sergeant continued, looking up at Helen. 'Address unknown? Bongo Bongo Land[11]?'

'Shall we put the former?' Helen countered[12] quickly. 'And before you exercise your prodigious imagination on a name for him, let's just put John Doe[13], shall we?'

For the first time the sergeant paused, aware now that the reporting officer might not share his sense of humour. He looked her up and down, his eyes lingering on[14] her chest for a moment, before he finally resumed[15] eye contact.

---

1. **Portly = fat, overweight.**
2. **To chuckle :** *glousser.*
3. **Oppo** (fam.) = **colleague.**
4. **Front desk :** *réception.*
5. **To half-inch** (GB, fam.) **:** *chouraver, voler.*
6. **Oblivious = unaware, unconcerned.**
7. **Intent on :** *déterminé à, résolu à.*
8. **Considerate :** *prévenant, attentionné, bienveillant.*

Chapitre 7

« Est-ce qu'ils ont des chaussures, là d'où il vient ? »

Le corpulent sergent de permanence gloussa à sa plaisanterie, provoquant le rire de son collègue de l'accueil.

« Même pas sûr qu'ils aient des vêtements, répondit son copain. Il a sûrement chouravé ceux qu'il portait… »

Des rires de plus belle, les policiers ignorant l'évidente réprobation d'Helen. Elle était revenue au poste avec Alan et faisait maintenant un rapport détaillé de l'incident à ceux chargés de remplir les formulaires. Mais ses collègues semblaient en grande partie indifférents, résolus à se faire rire les uns les autres. Dans le monde réel, ils auraient été dans l'obligation d'être respectueux et prévenants, mais derrière les portes closes, ils se sentaient libres d'être aussi désagréables et d'avoir aussi mauvais goût qu'ils le souhaitaient.

« Qu'est-ce qu'on met sur le formulaire, ma jolie ? continua le sergent en regardant Helen. Adresse inconnue ? Le pays des singes ? »

« Si nous mettions plutôt la première, répliqua rapidement Helen. Et avant que vous n'exerciez votre imagination prodigieuse pour lui trouver un nom, mettons simplement X, d'accord ? »

Pour la première fois, le sergent marqua une pause, désormais conscient que la policière qui faisait le rapport ne partageait peut-être pas son sens de l'humour. Il la regarda de haut en bas, ses yeux s'attardant un instant sur sa poitrine, avant de la regarder dans les yeux.

---

9. **Tasteless :** *de mauvais goût.*
10. **Love** (fam.) **:** *mon chou* (interj.).
11. Expression britannique raciste qui fait référence aux pays africains.
12. **To counter :** *répliquer, riposter, contrer.*
13. Nom standard utilisé pour désigner une personne non identifiée ou anonyme. Au féminin, Jane Doe.
14. **To linger on :** *s'attarder.*
15. **To resume :** *reprendre.*

'Prodigious, eh? That's a very long word. Can you spell[1] it for me?'

'I'd love to, but I'm keen to get this filed[2], so shall we —'

'Then let me spell it for *you*,' the officer continued. 'F.U.C.K. Y.O.U.'

Helen said nothing for a moment, shocked by his sudden aggression.

'Is that clear enough for you?'

'Look, I don't want to cause a problem,' Helen answered, as calmly as she could.

'Good, because it doesn't pay to talk back[3] to senior officers. You're a tourist here, Grace. Worse[4] than that you're a WPC...'

He said the last word as if it was an insult.

'So if I were you, I'd button those pretty[5] lips of yours and lose the attitude. You're a rookie[6] and don't forget it ...'

Helen had never been good at backing down[7], at letting others have the last word. Everything in her was urging[8] her to tell the old dinosaur where to go, but ... he was right. She was new here and it wouldn't do to ruffle feathers[9].

'I'll try to remember that. Thank you for your assistance.'

Turning, she headed for the doors before he had a chance to respond. She knew that he would continue humiliating and dissecting her with his mates, but she wasn't going to play ball[10]. There was somewhere she needed to be.

---

1. **To spell :** *épeler.*
2. **To file :** *ranger, classer.*
3. **To talk back :** *répondre à.*
4. **Worse** est le comparatif de **bad**.
5. **Pretty** (adj.) : *joli, mignon.*
6. **Rookie** (fam.) : *bleu, débutant.*

« Prodigieux, hein ? En voilà un mot long ! Pouvez-vous me l'épeler ? »

« J'aimerais beaucoup, mais j'ai hâte de récupérer ce dossier, alors on va... »

« Alors laissez-moi *vous* l'épeler, continua le policier. V.A. T.E. F.A.I.R.E. F.O.U.T.R.E. »

Helen resta silencieuse pendant un moment, choquée par son agressivité soudaine.

« C'est suffisamment clair ? »

« Écoutez, je ne veux pas causer de problème », répondit Helen, aussi calmement que possible.

« Tant mieux, parce que ça ne rapporte rien de répondre à ses supérieurs. T'es de passage ici, Grace. Pire que ça, t'es qu'une agente... »

Il prononça le dernier mot comme si c'était une insulte.

« Alors si j'étais toi, je bouclerais ma jolie bouche et je changerais d'attitude. T'es une bleue, ne l'oublie pas... »

Helen n'était pas du genre à capituler, à laisser les autres avoir le dernier mot. Tout en elle l'exhortait à dire à ce vieux dinosaure où aller, mais... il avait raison. Elle était nouvelle ici et froisser les gens ne servirait à rien.

« J'essaierai de m'en souvenir. Merci pour votre aide. »

Se retournant, elle se dirigea vers la sortie avant qu'il n'ait eu le temps de répondre. Elle savait qu'il continuerait à l'humilier et à la rabaisser auprès de ses camarades, mais elle n'allait pas entrer dans leur petit jeu. Elle devait se rendre quelque part.

---

7. **Back down :** *céder, renoncer, reculer.*
8. **To urge :** *pousser, inciter, exhorter.*
9. **Ruffle feathers :** *déranger, faire grincer des dents.* Cf. **to ruffle :** *froisser, ébouriffer* ; **feather :** *plume.*
10. **To play ball** (fig.) **:** *jouer le jeu.*

The corridor stretched out[1] in front of her, long and bleak. Helen had never been to Southampton[2] Central's mortuary before – her involvement[3] with dead bodies usually ended at the roadside. In fact, the only time she'd been in one of these places before was when she'd been asked to identify her parents' bodies, following her sister's arrest for their murder. Helen shuddered[4] at the thought, pushing the memory firmly away. She was nervous enough as it was.

She was about to meet the legendary Jim Grieves. Though only in his late thirties, Grieves had been Hampshire Police's Senior Pathologist for several[5] years and had an ego commensurate with[6] his experience. He was bluff[7], short-tempered[8] and suffered no fools. Helen had already got a taste of this when she'd rung[9] ahead[10] to tell him that she would be arriving shortly[11]. Grieves had taken ages to answer the phone and had then made it abundantly clear that her intrusion was neither welcome nor[12] useful.

Summoning[13] her courage, Helen approached the locked doors at the end of the corridor and rang the bell. Moments later, she was buzzed[14] in.

'It's not often we get bikers[15] down here,' Grieves said without any trace of humour. 'They not giving you enough to do?'

---

1. **To stretch out :** *s'étendre, s'allonger.*
2. Southampton est une ville portuaire située sur la côte sud de l'Angleterre. La ville est notamment célèbre pour avoir été le port de départ des pèlerins du Mayflower qui embarquèrent pour l'Amérique en 1620 pour fuir l'oppression religieuse en Angleterre ainsi que celui du premier et dernier voyage du *Titanic* en 1912. La ville fut également la cible de bombardements intensifs de la Luftwaffe en 1940.
3. **Involvement :** *implication.*
4. **To shudder :** *trembler, frémir.*
5. **Several :** *plusieurs.*

Chapitre 8

Le couloir s'étirait devant elle, long et lugubre. Helen n'était encore jamais venue à la morgue du commissariat central de Southampton – son contact avec les cadavres s'arrêtait généralement au bord de la route. D'ailleurs, elle n'était venue qu'une seule fois dans un endroit comme celui-ci, lorsqu'on lui avait demandé d'identifier les corps de ses parents, après l'arrestation de sa sœur pour leur meurtre. Helen frémit à cette idée, chassant le souvenir de son esprit. Elle était assez nerveuse comme ça.

Elle s'apprêtait à rencontrer le légendaire Jim Grieves. N'ayant même pas quarante ans, Grieves était le médecin légiste en chef de la police du Hampshire depuis plusieurs années et son ego était à la mesure de son expérience. Direct et colérique, il n'avait aucune patience pour les imbéciles. Helen en avait déjà fait l'expérience en lui téléphonant pour prévenir qu'elle arriverait bientôt. Grieves avait mis un temps infini à répondre au téléphone et lui avait alors clairement fait comprendre que son intrusion n'était ni bienvenue ni utile.

Rassemblant son courage, Helen s'approcha des portes verrouillées au bout du couloir et sonna. Quelques instants plus tard, la porte s'ouvrit mécaniquement.

« Ce n'est pas souvent que nous recevons des motards ici, dit Grieves, sans la moindre trace d'humour. On ne vous donne pas assez à faire ? »

---

6. **Commensurate with :** *égal à, à la mesure de, proportionnel à.*
7. **Bluff :** *direct, franc.*
8. **Short-tempered :** *irascible, coléreux,* (fam.) *soupe au lait.*
9. **To ring, rang, rung :** *appeler, téléphoner, sonner.*
10. **Ahead :** *avant, en avance.*
11. **Shortly :** *bientôt, sous peu.*
12. **Neither... nor :** *ni... ni.*
13. **To summon :** *rassembler, convoquer.*
14. **To buzz :** *sonner, appeler à l'interphone.*
15. **Biker** (fam.) **:** *motard.*

The implication was that he had *plenty*[1] to do and Helen chanced[2] a glance at his roster[3] of cadavers – four in the last forty-eight hours – before returning her gaze to the man himself. He was tall *and* wide, with thick black hair, piercing gun-metal[4] eyes and a plethora of tattoos. An intimidating figure[5] who didn't mind using his physical presence to make his point[6].

'I won't detain you,' Helen continued, aware that she sounded very green[7] and overly[8] formal. 'I just wanted to ask you a couple of questions about the RTA[9] that came in today.'

Helen knew their young man was in one of the mortuary's storage units[10] – she just wasn't sure which.

'Why?' was the blunt[11] response.

'Because I'm not convinced[12] his death was an accident,' Helen replied, the pitch[13] of her voice slightly higher than she would have liked.

Grieves finally looked up from his clipboard and his face said it all. It was not the done thing for traffic cops[14] to play detective.

'And I'd like your professional opinion on his injuries. Please.'

A moment's pause, then Grieves turned and beckoned[15] her to follow him to the end of the storage wall.

'You've got ten minutes,' he said as they walked together. 'It's my other half[16]'s birthday and if I'm late my bollocks[17] will be on the menu.'

---

1. **Plenty :** *beaucoup, plus qu'assez.*
2. **To chance :** *prendre le risque de.*
3. **Roster :** *liste, tableau de service.*
4. **Gun-metal :** *gris acier* ; m. à m. « métal de pistolet ».
5. **Figure :** *silhouette, personnalité.*
6. **To make one's point :** *se faire comprendre, exprimer son point de vue.*
7. **Green :** *débutant, novice, naïf.*
8. **Overly :** *excessivement, trop.*
9. **RTA = Road Traffic Accident.**
10. **Storage unit :** *unité de stockage.*
11. **Blunt :** *direct, brusque.*

Le sous-entendu, c'était que lui avait *beaucoup* à faire, et Helen se risqua à jeter un coup d'œil à sa liste de cadavres – quatre dans les dernières quarante-huit heures – avant de concentrer son regard sur l'homme lui-même. Il était grand et large d'épaules, avec d'épais cheveux noirs, des yeux perçants gris acier et une pléthore de tatouages. Un personnage intimidant qui n'hésitait pas à utiliser sa présence physique pour se faire comprendre.

« Je ne vous retiendrai pas longtemps, poursuivit Helen, consciente qu'elle donnait l'impression d'être une débutante et beaucoup trop formelle. Je voulais juste vous poser quelques questions sur la victime de l'accident de la route qui est arrivée aujourd'hui. »

Helen savait que le jeune homme était dans l'une des unités de stockage de la morgue – elle ne savait juste pas laquelle.

« Pourquoi ? » fut sa réponse directe.

« Parce que je ne suis pas convaincue que sa mort soit un accident », répondit Helen, le ton de sa voix légèrement plus aigu qu'elle ne l'aurait souhaité.

Grieves leva enfin les yeux de son bloc-notes et son expression voulait tout dire. Que les agents de la circulation jouent les détectives, ça ne se faisait pas.

« Et j'aimerais avoir votre avis professionnel sur ses blessures. S'il vous plaît. »

Un moment de silence, puis Grieves se retourna et lui fit signe de le suivre jusqu'au bout du mur de stockage.

« Vous avez dix minutes, dit-il tandis qu'ils marchaient ensemble. C'est l'anniversaire de ma chère et tendre et si j'arrive en retard, mes couilles seront au menu. »

---

12. **To convince = to persuade.**
13. **Pitch :** *ton.*
14. **Cop = policeperson.**
15. **To beckon :** *faire signe à qqn.*
16. **Other half** (fig.) **:** *sa moitié, son/sa cher/chère et tendre.*
17. **Bollocks** (GB, fam.) **:** *couilles.* De façon figurée, **bollocks** peut aussi être employé pour jurer (*conneries, n'importe quoi*) ou pour qualifier quelque chose de façon négative (*pourri, merdique*).

Helen nodded, but said nothing, pleased that Grieves seemed to have warmed[1] to her a little. They came to the end of the row[2] and the pathologist yanked out[3] the slider[4] on which the young man's body lay. Without introduction, he lifted the sheet[5], exposing the naked corpse[6] below.

'What would you like to know?'

Helen took in[7] the broken body and her eye was drawn to a line of bumps[8] on his torso.

'What are those?'

'Tribal scarification. Pretty common in East Africa. They are usually given to young men who've displayed[9] great bravery. They are also supposed[10] to protect you from death.'

The irony of this was lost on neither.

'Your man's probably from Ethiopia, Somalia. Perhaps Rwanda.'

Helen took this in – their first clue[11] as to their mystery man's identity.

'Are his injuries consistent with[12] the RTA?' Helen continued.

'Well he's got a fractured skull[13], eleven cracked[14] ribs, a shattered pelvis and various other minor breaks[15], which is pretty standard fare[16],' Grieves told her. 'But I wouldn't expect to see *these* from a car impact.'

He was pointing to a series of livid welts[17] and blisters[18] on the man's back.

---

1. **To warm :** *réchauffer* ; **to warm to someone :** *commencer à éprouver de la sympathie pour quelqu'un.*
2. **Row** [rəʊ] **:** *rangée.*
3. **To yank out :** *arracher, tirer.*
4. **Slider :** *glissière.*
5. **Sheet :** *drap.*
6. **Corpse :** *cadavre, corps.*
7. **To take something in :** *assimiler, commencer à comprendre, prendre la mesure de qqch.*
8. **Bump :** *bosse.*
9. **To display :** *afficher, montrer, faire preuve de.*

Helen acquiesça, mais resta silencieuse, heureuse que Grieves semble s'être un peu adouci à son égard. Ils arrivèrent au bout de la rangée et le légiste tira la glissière sur laquelle reposait le corps du jeune homme. Sans préambule, il souleva le drap, exposant le cadavre nu qui était en dessous.

« Que voulez-vous savoir ? »

Helen examina le corps brisé et son œil fut attiré par une ligne de bosses sur son torse.

« Qu'est-ce que c'est que ça ? »

« Des scarifications tribales. Assez courant en Afrique de l'Est. Elles sont généralement données aux jeunes hommes qui ont fait preuve d'une grande bravoure. Elles sont aussi censées vous protéger de la mort. »

L'ironie de la chose n'échappa à aucun des deux.

« Votre homme est probablement originaire d'Éthiopie ou de Somalie. Peut-être du Rwanda. »

Helen assimila l'information – leur premier indice sur l'identité de leur homme-mystère.

« Ses blessures sont-elles compatibles avec un accident de la route ? » poursuivit Helen.

« Eh bien, il a une fracture du crâne, onze côtes fêlées, le bassin fracassé et diverses autres fractures mineures, ce qui est plutôt la norme, lui dit Grieves. Mais je ne m'attendais pas à voir *ça* lors d'un impact de voiture. »

Il montrait une série de marques violettes et de cloques sur le dos de l'homme.

---

10. **To be supposed to do :** *être censé faire.*
11. **Clue :** *indice, piste.*
12. **Consistent with :** *compatible avec, cohérent avec.*
13. **Skull :** *crâne.*
14. **Cracked :** *fêlé, fendu, fissuré.*
15. **Break :** (ici) *fracture.* Cf. **to break :** *casser.*
16. **Standard fare :** *tarif normal.*
17. **Welt :** *marque, papule.*
18. **Blister :** *ampoule, cloque.*

'They're burns[1] of some kind. And these longer markings are the result of a beating[2]. Hard to say what inflicted[3] them, but the scarring[4] is long and rippled[5], so maybe a bicycle chain ...?'

'He's been *tortured*?'

'Not for me to say,' Grieves responded carefully.

'And what's that?' Helen asked, indicating a swelling[6] on the corpse's right ankle. 'More of the same?'

'No, the skin has been torn here. There are two deep[7] abrasions, evenly spaced and of a similar depth[8] which might indicate that —'

'Could it be a dog bite[9]?' Helen interrupted.

'Yes, I think it probably is,' Grieves said looking up at Helen, the ghost of a smile drifting across his face[10].

'Is it fresh? From today perhaps?'

'Looks that way, given the levels[11] of inflammation.'

Helen took this in, then drawing on her last vestiges of courage, said: 'I don't suppose there is any chance of a full post mortem[12] is there?'

Grieves's right eyebrow[13] rose slowly.

'I know it's not the done thing,' Helen continued quickly, 'but if I'm going to ask CID to take a look at this[14], I'll need some firm evidence[15] —'

'It's ok, WPC Grace, there's no need to harangue[16] me. This kid has obviously suffered. I think his injuries deserve[17] a closer look.'

---

1. **Burn :** *brûlure* ; **to burn** : *brûler, mettre le feu à.*
2. **Beating :** *raclée, passage à tabac* ; **to beat :** *frapper.*
3. **To inflict** : *infliger.*
4. Cf. **scar :** *cicatrice.*
5. **Rippled :** *ondulé, ridé.*
6. **Swelling :** *enflure, gonflement.*
7. **Deep** [diːp] **:** *profond.*
8. **Depth** [depθ] **:** profondeur.
9. **Bite** [baɪt] **:** *morsure* ; **to bite, bit, bitten :** *mordre.*
10. M. à m. « le fantôme d'un sourire dérivant sur son visage ».
11. **Level :** *niveau.*

« Ce sont des sortes de brûlures. Et ces marques plus longues sont la conséquence d'un passage à tabac. Difficile de dire ce qui les a infligées, mais les cicatrices sont longues et ondulées, donc peut-être une chaîne de vélo... ? »

« Il a été *torturé* ? »

« Ce n'est pas à moi de le dire », répondit prudemment Grieves.

« Et ça, qu'est-ce que c'est ? demanda Helen en indiquant un gonflement sur la cheville droite du cadavre. Encore la même chose ? »

« Non, la peau a été déchirée ici. Il y a deux abrasions profondes, espacées de façon uniforme et de même profondeur, ce qui pourrait indiquer que... »

« Est-ce que ça pourrait être une morsure de chien ? » l'interrompit Helen.

« Oui, je pense que c'est sûrement le cas », dit Grieves en regardant Helen, un vague sourire se dessinant sur ses lèvres.

« C'est récent ? D'aujourd'hui peut-être ? »

« C'est ce qu'on dirait, étant donné le niveau d'inflammation. »

Helen digéra la nouvelle, puis demanda en puisant dans le peu de courage qui lui restait : « Je suppose qu'il n'y a aucune chance de faire une autopsie complète, n'est-ce pas ? »

Grieves haussa lentement son sourcil droit.

« Je sais que ça ne se fait pas, s'empressa de poursuivre Helen, mais si je demande à la PJ de jeter un œil à cette affaire, j'ai besoin de preuves solides. »

« C'est bon, agente Grace, inutile de pérorer. Ce gamin a manifestement souffert. Je pense que ses blessures méritent un examen plus approfondi. »

---

12. **Post mortem = autopsy.**
13. **Eyebrow :** *sourcil.*
14. **To take a look :** *jeter un œil, jeter un coup d'œil.*
15. **Evidence** (indénombrable) **:** *preuve, indice.*
16. **To harangue :** *haranguer, sermonner.*
17. **To deserve :** *mériter.*

Helen found herself smiling foolishly[1] at the pathologist, pleased not to have had to use the big speech[2] she'd prepared in advance.

'Is that all? Or was there something else you wanted to discuss?'

'Nothing, no, and thank you,' Helen answered.

She turned to leave, then paused.

'What will happen to him? After you've done your work, I mean ...'

Grieves paused, seemingly[3] surprised by the question. Helen suspected he didn't get asked this very much.

'Well, if we can establish his identity, then obviously his next of kin[4] will be informed ...'

'And if we can't find out who he is?'

Grieves looked at her and for the first time Helen thought she saw the compassion that lurked[5] beneath his gruff[6] exterior.

'Then he'll be buried[7] in an unmarked grave without a name.'

---

1. **Foolishly = stupidly, absurdly.**
2. **Speech :** *discours.*
3. **Seemingly :** (de **seeming :** *qui paraît, qui semble*) *apparemment.*
4. **Next of kin :** *parent proche, famille.*

Helen se surprit à sourire bêtement au légiste, heureuse de ne pas avoir eu à utiliser le grand discours qu'elle avait préparé à l'avance.

« C'est tout ? Ou y a-t-il quelque chose d'autre dont vous vouliez discuter ? »

« Rien, non, et merci », répondit Helen.

Elle se tourna vers la sortie, puis s'arrêta.

« Qu'est-ce qu'il va devenir ? Quand vous aurez fait votre travail, je veux dire... »

Grieves marqua une pause, apparemment surpris par la question. Helen songea qu'on ne devait pas la lui poser souvent.

« Eh bien, si nous pouvons établir son identité, alors évidemment ses proches seront informés... »

« Et si nous ne parvenons pas à découvrir qui il est ? »

Grieves la regarda et, pour la première fois, Helen crut percevoir la compassion qui se cachait sous son extérieur bourru.

« Alors il sera enterré dans une tombe anonyme. »

---

5. **To lurk :** *se cacher, se tapir.*
6. **Gruff :** *bourru.*
7. **To bury :** *enterrer.*

9

Helen was still thinking about the young man on the slab[1], when she returned to her flat[2]. It had been a tiring[3] and distressing shift and she was looking forward to getting out of her leathers and jumping in the shower. Shutting the front door behind her, she called out a brief greeting[4] and was rewarded[5] by a grunt[6] from the front room.

Helen shared[7] a flat with two other young professionals. Tina was a midwife at South Hants Hospital and was hardly[8] ever home, because of the silly[9] hours she worked. Simon, an IT[10] guy, was by contrast frequently at home and Helen was not surprised to see him crouched in front of the TV now. He had been in a funk[11] since England had failed[12] to qualify for the World Cup[13] a few weeks back and spent most of his time indulging[14] his other great passion – gaming[15]. Sonic[16] was his poison of choice today.

In other set-ups[17], his obsession with his Sega[18] and his blatant hogging[19] of the TV would have caused problems, but as Tina was generally absent and Helen wasn't a big TV watcher, they rubbed along ok.

'How's the hedgehog faring[20] today?' Helen asked brightly, feigning an interest.

---

1. **slab** : 1. grand rectangle (parfois carré), assez épais, de pierre taillée. 2. (GB) *table d'autopsie*. 3. (chocolat) *tablette*.
2. **Flat :** *appartement.*
3. Cf. **tired :** *fatigué.*
4. **Greeting :** *salutation, bonjour.*
5. **To reward :** *récompenser.*
6. **Grunt :** *grognement.*
7. **To share :** *partager.*
8. **Hardly = rarely, barely.**
9. **Silly :** *absurde, décalé, idiot.*
10. **IT** (abrév.), **Information Technology :** *informatique.*
11. **In a funk :** *ne pas avoir le moral, être découragé.*
12. **To fail :** *échouer.*
13. **World Cup :** *la Coupe du monde de football.*

Chapitre 9

Helen pensait encore au jeune homme sur la table d'autopsie, quand elle retourna à son appartement. Sa journée de travail avait été fatigante et pénible, et elle avait hâte d'enlever ses vêtements de moto et de sauter sous la douche. En fermant la porte d'entrée derrière elle, elle lança un bref salut et ne reçut en retour qu'un grognement provenant du salon.

Helen partageait un appartement avec deux autres jeunes qui travaillaient aussi. Tina était sage-femme à l'hôpital de South Hants et n'était presque jamais à la maison, à cause de ses horaires décalés. Simon, un informaticien, était en revanche souvent là et Helen ne fut pas surprise de le découvrir affalé devant la télévision. Il était déprimé depuis que l'Angleterre avait raté sa qualification pour la Coupe du monde quelques semaines auparavant, et passait la plupart de son temps à s'adonner à son autre grande passion – les jeux vidéo. Sonic était aujourd'hui son jeu préféré.

Dans d'autres configurations, son obsession pour sa console Sega et sa monopolisation ostensible de la télévision auraient causé des problèmes, mais comme Tina était généralement absente et qu'Helen ne regardait pas beaucoup la télévision, ils s'entendaient bien.

« Comment se porte le hérisson aujourd'hui ? » demanda Helen d'un ton jovial, feignant de s'y intéresser.

---

14. **To indulge :** *céder à, se faire plaisir, assouvir.*
15. **Gaming :** *jeux vidéo.*
16. **Sonic the Hedgehog** est une série de jeux vidéo créée dans les années 1990, dont le personnage principal est un hérisson bleu, prénommé Sonic en raison de sa capacité à courir à la vitesse du son.
17. **Set-up :** *organisation, configuration.*
18. Sega est une société japonaise qui développe et édite des jeux vidéo, dont « Sonic the Hedgehog », et fabrique également des consoles, auxquelles l'auteur fait ici référence.
19. **To hog :** *monopoliser, accaparer.*
20. **To fare :** *s'en tirer, s'en sortir.*

'Good, good,' Simon replied absently, his attention riveted on the screen.

Helen left him to it, grabbing a Diet Coke from the fridge and heading to her bedroom. Minutes later, she was stripped off[1] and in their small, shared bathroom. The shower was weak, but generally warm and Helen enjoyed cleansing[2] herself at the end of a long shift. She had always been fastidious[3] about cleanliness – perhaps because her family home had been so dirty, her parents' care of their children so lacking – and she scrubbed[4] herself clean now. As she did so, her eyes alighted[5] on the many marks and abrasions on her skin, a result of her tendency towards dark introspection, her need for some kind of release[6] whenever her thoughts turned to her sister or her parents.

As she looked at the scars and abrasions, her mind went back to the young man lying across town in the police mortuary. And the marks on *his* skin. His had been indications of bravery[7], hers merely of self-hatred[8] and cowardice[9]. But one thing united them.

They were both utterly[10] alone in the world.

---

1. **To strip off :** *se déshabiller.*
2. **To cleanse :** *nettoyer, laver, purifier.*
3. **Fastidious :** *méticuleux, maniaque.*
4. **To scrub :** *frotter, nettoyer.*
5. **To alight :** *se poser.*

« Bien, bien », répondit distraitement Simon, son attention rivée sur l'écran.

Helen le laissa à ses affaires, prit un Coca light dans le frigo et se dirigea vers sa chambre. Quelques minutes plus tard, elle s'était déshabillée dans leur petite salle de bains commune. La pression de la douche était faible, mais l'eau généralement chaude, et Helen aimait se laver après une longue journée de travail. Elle avait toujours été pointilleuse sur la propreté – peut-être parce que la maison où elle avait grandi était si sale, ses parents si déficients dans la façon dont ils s'étaient occupés de leurs enfants –, qu'elle se frottait maintenant pour être propre. Ce faisant, ses yeux se posèrent sur les nombreuses marques et écorchures sur sa peau, la conséquence de son penchant pour l'introspection morbide, de son besoin d'une sorte d'exutoire lorsque ses pensées allaient vers sa sœur ou ses parents.

En regardant ses cicatrices et ses écorchures, ses pensées revinrent sur le jeune homme qui gisait à l'autre bout de la ville, à la morgue. Et sur les marques sur sa peau à lui. Les siennes avaient été des signes de bravoure, les siennes à elle reflétaient sa haine de soi et sa lâcheté. Mais une chose les unissait.

Ils étaient tous les deux complètement seuls au monde.

---

6. **Release :** *exutoire, libération, lâcher-prise.*
7. **Bravery = courage.**
8. **Self-hatred :** *haine de soi, dégoût de soi.*
9. **Cowardice :** *lâcheté, couardise.*
10. **Utterly = completely, absolutely.**

10

'Aye, aye. Look who's after some overtime[1] ...'

Helen had barely stepped in the door when the comments began. She wasn't on duty[2] until the afternoon, but had headed into HQ bright and early[3] anyway. The morning shift, still waiting to be dispatched[4], were intrigued by her presence.

'Or perhaps it's brownie points[5] you're after? Trying to impress Sergeant McBain?'

'Haven't you got a fella to keep you warm in the morning? Nice bird[6] like you must be fighting them off[7] ...'

The remarks were good humoured – Helen liked the team at Totton and they seemed to accept her – so Helen smiled as she joked:

'You know what they say – the early bird catches the worm[8].'

Satisfied with her pun[9], the team spared[10] her further scrutiny[11], returning their attention to the morning newspapers. Princess Di[12] was suing[13] one of tabloids for publishing photos of her at the gym and her face was splashed[14] across the front pages. Helen's colleagues, who claimed[15] to have no interest in gossip[16], were evidently hooked[17] by the story,

---

1. **Overtime = extra hours.**
2. **To be on duty :** *être de service, être de garde.*
3. **Bright and early :** *de bon matin, tôt le matin.*
4. **To dispatch :** *envoyer, expédier, dépêcher qqn/qqch.*
5. **Brownie point :** *bon point.* Outre le délicieux gâteau au chocolat, le terme de **Brownie**, lorsqu'il est écrit avec une majuscule, se réfère en Grande-Bretagne aux jeannettes du scoutisme.
6. **Bird** (GB, fam.) = **young woman.**
7. M. à m. « une jolie fille comme toi doit sûrement les repousser ? » (sous-entendu : « tellement ils sont nombreux »).
8. M. à m. « l'oiseau du matin attrape le ver ».
9. **Pun :** *jeu de mots, calembour.*
10. **To spare :** *épargner.*
11. **Scrutiny :** *contrôle, examen, surveillance.*
12. Surnommée Princess Di, ou Lady Di, Diana Spencer fut l'une des personnalités les plus populaires de la famille royale britannique. Après avoir

Chapitre 10

« Tiens, tiens. Regardez qui cherche à faire des heures supplémentaires... »

Helen avait à peine franchi la porte que les remarques commencèrent. Elle n'était pas de service avant l'après-midi, mais elle s'était quand même rendue au QG de bonne heure. L'équipe du matin, qui attendait encore d'être répartie par secteurs, était intriguée par sa présence.

« Ou peut-être que tu cherches à avoir un bon point ? T'essaies d'impressionner le sergent McBain ? »

« Tu n'as pas de copain pour te tenir chaud le matin ? Une jolie fille comme toi doit en avoir à la pelle... »

Les remarques étaient faites dans la bonne humeur – Helen aimait l'équipe de Totton et ils semblaient l'accepter – alors elle sourit en plaisantant :

« Vous savez ce qu'on dit – l'avenir appartient à ceux qui se lèvent tôt. »

Satisfaite de sa parade, l'équipe lui épargna davantage de plaisanteries et reporta son attention sur les journaux du matin. Lady Di poursuivait un tabloïd pour avoir publié des photos d'elle à la salle de sport et son portrait faisait la une. Les collègues d'Helen, qui prétendaient ne pas s'intéresser aux potins, étaient de toute évidence captivés par l'histoire,

---

épousé le prince Charles, fils de la reine Élisabeth II, elle s'engage dans des causes humanitaires comme la lutte contre le sida et les mines antipersonnel. Sa séparation puis son divorce d'avec l'héritier du trône dans les années 1990 font d'elle une cible privilégiée de la presse à scandale. C'est poursuivie par des paparazzis que la voiture de Diana et son compagnon de l'époque Dodi Al-Fayed s'écrase dans le tunnel du pont de l'Alma à Paris en 1997.

13. **To sue :** *poursuivre en justice, intenter un procès.*
14. **To splash :** 1. *éclabousser.* 2. (ici) *étaler.*
15. **To claim :** *soutenir, prétendre, certifier que.*
16. **Gossip :** *ragots, commérages, potins.*
17. **To be hooked :** *être mordu, captivé, accro.*

but Helen moved quickly past them to the rear[1] of the room. Every inch of the back wall was plastered[2] with maps, the whole of Hampshire laid out in front of you. They were a popular reference resource for those too lazy to open a map and Helen moved in close to them now.

Her finger traced its way down the A36, moving away from Southampton, before finally coming to rest at the crash site, marked now by a small yellow label[3], which had a date, a time and a name on it: John Doe.

Removing her finger, Helen looked at the area immediately surrounding the site of the accident. The A36 bordered[4] the New Forest[5] on one side, but it was the other side that interested Helen. This was the terrain the young man must have crossed as he approached the road. As she'd expected, the map was mostly green, the area heavily forested[6] on that side of the road too. There was nothing of any significance marked on the map – no housing, factories[7] or industrial estates this far out of Southampton. This was mostly fishing[8] and fly-tipping[9] territory, remote[10], scrubby and unloved.

But as Helen zeroed in[11] closer, one thing did leap out at[12] her. It was so small on the map, one might have been forgiven for missing[13] it, but there it was nevertheless. About a mile or so from the road, a small settlement[14] was marked. And next to it, a name.

Manor Farm.

---

1. **Rear** [rɪəʳ] **:** *arrière.*
2. **To plaster with :** *recouvrir de, placarder.*
3. **Label :** *étiquette.*
4. **To border :** *border* ; **border :** *frontière, bordure.*
5. **New Forest** est un parc national de 566 km² dans le comté du Hampshire au sud de l'Angleterre et constitue l'une des plus grandes forêts du Royaume-Uni. De nombreux animaux se promènent en toute liberté au milieu d'une végétation sauvage, faite de bois, de landes et de marécages. On trouve également dans cet espace protégé, autrefois terre de chasse de Guillaume le Conquérant, le château de Beaulieu et son abbaye.

mais Helen passa rapidement devant eux pour se rendre au fond de la pièce. Chaque centimètre du mur du fond était recouvert de cartes et étalait devant leurs yeux l'ensemble du Hampshire. C'était une source d'informations populaire auprès de ceux qui étaient trop paresseux pour ouvrir une carte et Helen s'en approcha.

Avec son doigt, elle traça le parcours de l'A36, s'éloignant de Southampton, pour venir s'arrêter sur le lieu de la collision, désormais indiqué par une petite étiquette jaune qui avait une date, une heure et un nom : « X ».

En retirant son doigt, Helen observa la zone qui entourait directement le lieu de l'accident. L'A36 bordait le parc national de New Forest d'un côté, mais c'était l'autre côté qui intéressait Helen. C'était le terrain que le jeune homme avait sûrement dû traverser en s'approchant de la route. Comme elle s'y attendait, la carte était principalement verte, la zone étant également fortement boisée de ce côté de la route. Rien de significatif n'était indiqué sur la carte – aucun logement, aucune usine ou zone industrielle aussi loin de Southampton. C'était principalement un territoire de pêche et de décharge sauvage, isolé, broussailleux et délaissé.

Mais lorsque Helen regarda de plus près, une chose lui sauta aux yeux. C'était si petit sur la carte qu'il était pardonnable de le rater, mais c'était bien là néanmoins. À environ un kilomètre et demi de la route, un petit hameau était indiqué. Et à côté, un nom.

Manor Farm.

---

6. **Forested :** *boisé.*
7. **Factory :** *usine.*
8. **Fishing :** *pêche.*
9. **Fly-tipping :** de **fly-tip :** *décharge sauvage.*
10. **Remote :** *isolé, reculé, perdu.*
11. **To zero in :** *se concentrer, se focaliser.*
12. **To leap out at :** *sauter aux yeux, être évident.*
13. **To miss :** *manquer, rater.*
14. **Settlement :** *implantation, village.*

The farm was at the end of a long dirt track, which branched off[1] from the lonely B546. Helen had headed straight there and pulled up now in the yard[2] opposite a rather sad-looking farmhouse. Killing the engine, she dismounted[3] quickly. Helen knew she shouldn't be here, but she'd come nevertheless, determined to get some answers.

Her arrival had not gone unnoticed[4]. Two large Alsatians[5], chained to a metal post, were barking furiously at her and beyond them Helen noticed a couple[6] of farm workers. Both were clearly of African heritage and both looked alarmed[7] by her sudden appearance. Helen pulled off her helmet, keen to put them at ease[8], but the sight of her long hair seemed to perplex them still further – they clearly had not expected this interloper[9] to be a woman.

Smiling, Helen pulled off her gloves and walked slowly over to them.

'Good morning.'

No response, just wary[10] looks.

'I'm WPC Grace,' she continued, flashing[11] her warrant card as briefly and unthreateningly[12] as she could. 'I'd like to have a quick word with the owner[13]. Or the manager ...'

Still nothing. Helen cast[14] an eye around the yard, taking in the angry dogs and beyond them the numerous, tumbledown[15] outbuildings. The doors were closed today to

---

1. **To branch off :** *bifurquer.*
2. **Yard** (GB) **:** *cour*; (US) *jardin.*
3. **To dismount :** *descendre* (*d'un cheval, vélo...*), *mettre pied à terre.*
4. **Unnoticed :** *inaperçu.*
5. **Alsatian** (GB) **:** (pour un chien) *berger allemand*; (pour une personne) *alsacien.*
6. **Couple** : comme **pair**, l'anglais utilise ce mot à propos de tout ensemble de deux personnes, objets, etc., même sans lien affectif.
7. **Alarmed :** *inquiet.*
8. **To put at ease :** *mettre à l'aise.*

Chapitre 11

La ferme se trouvait au bout d'un long chemin de terre, qui bifurquait depuis la route isolée B546. Helen s'y était rendue directement et s'était arrêtée dans la cour, en face d'une ferme à l'aspect plutôt triste. Après avoir coupé le moteur, elle descendit rapidement. Helen savait qu'elle n'avait pas le droit d'être ici, mais elle était venue quand même, déterminée à obtenir des réponses.

Son arrivée n'était pas passée inaperçue. Deux grands bergers allemands, enchaînés à un poteau métallique, aboyaient avec fureur dans sa direction et, derrière eux, Helen remarqua deux ouvriers agricoles. Ils étaient clairement d'origine africaine et semblaient inquiets de son apparition soudaine. Helen retira son casque, désireuse de les mettre à l'aise, mais la vue de ses cheveux longs sembla les déconcerter davantage – à l'évidence, ils ne s'attendaient pas à ce que cet intrus soit une femme.

En souriant, Helen enleva ses gants et marcha lentement vers eux.

« Bonjour. »

Pas de réponse, juste des regards méfiants.

« Je suis l'agente Grace, poursuivit-elle en tentant de montrer sa carte professionnelle de la façon la plus brève et la moins menaçante possible. J'aimerais échanger un mot avec le propriétaire. Ou le gérant... »

Toujours rien. Helen balaya la cour du regard, observant les chiens énervés et, derrière eux, les nombreuses annexes délabrées. Les portes étaient aujourd'hui fermées pour

---

9. **Interloper :** *intrus.*
10. **Wary :** *méfiant, circonspect.*
11. **To flash :** *montrer rapidement.*
12. Cf. **to threaten :** *menacer.*
13. **Owner :** *propriétaire* ; **to own :** *posséder.*
14. **To cast :** *jeter, lancer.*
15. **Tumbledown :** *délabré, en ruine* ; **to tumble :** *tomber, chuter.*

shut out the cold weather, but the smell, the feathers and above all the incessant clucking[1] revealed that this was a turkey[2] farm. A large sign proclaimed that the birds were free range[3], though Helen rather doubted it. In the middle distance, she could see half a dozen African men, clearing out the mess from barns[4] filled with the fat, clucking birds.

'You're not in any trouble,' Helen continued, returning her attention to the two men in front of her. 'But I need to ask you a couple of questions. There was an accident yesterday on a road nearby, a young man ...'

Helen was met by blank expressions, so skipping[5] the preamble she pulled something from her pocket, offering it to them. It was a close-up[6] photo of the young man's face, taken at the police mortuary. Taken from the right side, it avoided[7] most of the facial injuries and was a good image of him.

'I'm trying to find out[8] who this man is. Do you recognize him?'

Helen stared intently[9] at their faces and immediately she saw a reaction. A slight look from one of the men to the other, before they both looked back up at her.

'Perhaps he worked here,' Helen continued. 'Perhaps you know him ...?'

Still nothing, but both men looked keen to be elsewhere[10] now.

'Look it's really important that we find out who he is. We need to contact his family, his friends ...'

'Can I help you?'

---

1. **Clucking :** *gloussement, caquètement.*
2. **Turkey :** *dinde.*
3. **Free range :** *élevé en plein air.*
4. **Barn :** *grange.*
5. **To skip :** *sauter, passer.*

se prémunir du froid, mais l'odeur, les plumes et surtout les gloussements incessants révélaient qu'il s'agissait d'un élevage de dindes. Un grand panneau affirmait que les oiseaux étaient élevés en plein air, mais Helen en doutait fortement. Un peu plus loin, elle pouvait voir une demi-douzaine d'hommes africains qui nettoyaient le désordre des granges remplies de ces oiseaux gras et gloussants.

« Vous ne craignez rien, poursuivit Helen en reportant son attention sur les deux hommes en face d'elle. Mais j'ai besoin de vous poser quelques questions. Il y a eu un accident hier sur une route proche, un jeune homme... »

Helen n'eut en retour que des regards vides, alors, sautant le préambule, elle sortit quelque chose de sa poche et le leur présenta. C'était une photo en gros plan du visage du jeune homme, prise à la morgue. Prise du côté droit, la photo évitait de montrer la plupart des blessures au visage et c'était une bonne image de lui.

« J'essaie de trouver l'identité de cet homme. Est-ce que vous le reconnaissez ? »

Helen scruta attentivement leurs visages et vit immédiatement une réaction. Un des deux hommes posa brièvement les yeux sur l'autre, avant de la regarder à nouveau.

« Peut-être qu'il a travaillé ici, continua Helen. Peut-être que vous le connaissez... ? »

Toujours rien, mais les deux hommes avaient maintenant l'air impatients d'être ailleurs.

« Écoutez, c'est vraiment important qu'on sache qui il est. Nous devons contacter sa famille, ses amis... »

« Je peux vous aider ? »

---

6. **Close-up :** *gros plan.*
7. **To avoid :** *éviter.*
8. **To find out :** *découvrir, apprendre.*
9. **Intently :** *attentivement, intensément.*
10. **Elsewhere = somewhere else, in another place.**

Helen turned quickly to see a large, unshaven[1] man approaching. He was white and middle-aged and spoke with a strong local accent. Helen noted that the dogs were quiet[2] now, calmed by their master's approach. Helen presented her credentials[3], then the photo of the dead man.

'This man was the victim of an RTA yesterday, we are trying to establish his identity ...'

The man took in the photo.

'But perhaps you could start by telling me *yours*?'

'Gary Raynor,' the man replied, evidently suspicious of Helen.

'This your place?'

'Aye.'

'Been in the poultry[4] business long?'

'Long enough.'

'Do you recognize him?'

'Can't say I do.'

'Look again, perhaps he worked for you ...'

'I know who works for me and he didn't.'

His tone was firm and unfriendly.

'Fair enough[5]. You won't mind[6] then if I ask some of these guys if they know him —'

'Yes I do mind actually. They don't speak English and they are paid to work, not stand around[7] and chat[8].'

'All here legally and above board[9], are they?'

'Yes, they are. Not that it's any business of a traffic cop.'

'And they live here? Whilst[10] they're working for you,' Helen said, ignoring Raynor's jibe[11].

---

1. Cf. **to shave :** *se raser.*
2. **Quiet** ['kwaɪət] = **silent.**
3. **Credentials :** *qualifications, références.*
4. **Poultry :** *volaille.*
5. **Fair enough :** *d'accord, très bien.*
6. **To mind :** *déranger* ; **mind :** *esprit.*
7. **To stand around :** *rester debout à ne rien faire, rester les bras ballants.*
8. **To chat :** *bavarder, discuter.*

Helen se retourna rapidement et vit s'approcher un homme grand et mal rasé. Il était blanc, d'âge moyen, et parlait avec un fort accent local. Helen remarqua que les chiens s'étaient calmés, apaisés par l'arrivée de leur maître. Helen présenta sa carte, puis la photo du mort.

« Cet homme a été victime d'un accident de la route hier, nous essayons d'établir son identité… »

L'homme regarda la photo.

« Mais peut-être pourriez-vous commencer par me donner *la vôtre* ? »

« Gary Raynor », répondit l'homme, qui manifestement se méfiait d'Helen.

« C'est chez vous, ici ? »

« Oui. »

« Vous êtes dans la volaille depuis longtemps ? »

« Depuis un moment. »

« Vous le reconnaissez ? »

« J'crois pas, non. »

« Regardez encore, il a peut-être travaillé pour vous… »

« Je sais qui travaille pour moi et c'était pas son cas. »

Son ton était ferme et hostile.

« Très bien. Donc ça ne vous dérange pas si je demande à certains de ces hommes s'ils le connaissent… »

« Si, ça me dérange, en fait. Ils ne parlent pas anglais et ils sont payés pour travailler, pas pour rester là à ne rien faire et papoter. »

« Ils sont tous ici légalement et en situation régulière, bien sûr ? »

« Oui, bien sûr. Même si ça ne regarde pas un agent de la circulation. »

« Et ils vivent ici ? Pendant qu'ils travaillent pour vous », dit Helen, ignorant la raillerie de Raynor.

---

9. **Above board :** *légal, régulier, de façon honnête.*
10. **Whilst = while.**
11. **Jibe :** *sarcasme* ; **to jibe :** *raillery, se moquer de.*

'Yes, they are housed[1] and fed on site. Lap of luxury[2] here. Would you like to see?'

Raynor gestured[3] towards the farmhouse, but his tone was evidently sarcastic.

'Not just now, but I would like to double-check[4] that no one recognizes him. It is my *duty* to establish this young man's identity and I'm sure you know that impeding[5] an officer is a criminal offence[6] ...'

Raynor backed down, albeit[7] with bad grace, following Helen at a discreet distance as she did a quick tour of the yard. The dozen or so itinerant workers on the farm were thin[8], cautious and taciturn, possessing only a handful[9] of English words between them. Depressingly, none of them showed the slightest sign of recognition when shown the young man's photo.

Ten minutes later, Helen was walking back to her bike, frustrated and downcast[10]. Gary Raynor knew more than he was letting on[11] and the coincidence of the African workers on his farm was too great to swallow[12], but no one was saying anything and there was little Helen could do. She had no investigative powers here.

She climbed back onto her bike and was about to fire up[13] the engine, when she suddenly paused, something grabbing her attention. No one would speak to her publicly, but someone had managed[14] to send her a message nevertheless. Just beside her bike were two simple words, carved[15] into the dirt with a stick.

---

1. **To house :** *héberger.*
2. **Lap of luxury :** *grand luxe, opulence.*
3. **To gesture :** *faire un geste.*
4. **To double-check :** *vérifier à nouveau* ; **to check :** *vérifier.*
5. **To impede :** *entraver, gêner.*
6. **Criminal offence :** *délit, infraction.*
7. **Albeit :** *bien que, quoique.*
8. **Thin :** *mince, fin.*

« Oui, ils sont logés et nourris sur place. C'est le grand luxe ici. Vous voulez voir ? »

Raynor fit un geste vers la ferme, mais son ton était manifestement sarcastique.

« Pas tout de suite, mais je voudrais vérifier à nouveau que personne ne le reconnaît. Il est de mon *devoir* d'établir l'identité de ce jeune homme et je suis sûr que vous savez qu'entraver l'action d'un policier est une infraction pénale... »

Raynor recula, quoique de mauvaise grâce, et suivit Helen à une petite distance tandis qu'elle faisait un tour rapide de la cour. La douzaine de travailleurs saisonniers de la ferme étaient minces, prudents et taciturnes, ne maîtrisant à eux tous qu'une poignée de mots d'anglais. Malheureusement, aucun d'entre eux ne montra le moindre signe de reconnaissance en voyant la photo du jeune homme.

Dix minutes plus tard, Helen retournait vers sa moto, frustrée et abattue. Gary Raynor en savait plus qu'il ne le laissait entendre et la coïncidence des travailleurs africains dans sa ferme était bien trop grosse à avaler, mais personne ne disait rien et Helen ne pouvait pas faire grand-chose de plus. Elle n'avait pas le droit d'enquêter ici.

Elle remonta sur sa moto et s'apprêtait à démarrer le moteur, quand elle s'interrompit brusquement, quelque chose attirant son attention. Personne ne voulait lui parler en public, mais quelqu'un avait quand même réussi à lui envoyer un message. Juste à côté de sa moto se trouvaient deux mots simples, gravés dans la terre avec un bâton.

---

9. **Handful :** *poignée.*
10. **Downcast = depressed, unhappy.**
11. **To let on :** *dire, révéler.*
12. **To swallow :** *avaler.*
13. **To fire up :** *allumer, lancer.*
14. **To manage :** *se débrouiller, réussir.*
15. **To carve :** (ici) *graver, tailler, sculpter.*

'I'm not getting any hits[1] for that name. Are you sure you're spelling[2] it right?'

'Yes. A-D-D-I-S-U. T-E-S-F-A-Y-E. They're both fairly[3] common names in East Africa.'

'Well they're not doing anything for me, I'm afraid.'

Rosemary Evans shrugged regretfully and shifted[4] her sizeable bulk[5] on her seat. She ran[6] Hampshire Police's Records Office and was generally diligent[7] and willing to help. But she was a busy woman – understaffed[8] as usual – and would tell you straight if she couldn't help you.

'No criminal record, no arrests or trials pending[9],' she continued.

'Can we try the NHS[10], see if he's got a patient number?'

'Well, we can try ...'

Rosemary tapped some keys and the computer whirred[11] contentedly, before bleeping loudly at them.

'Nothing I'm afraid ...'

'Inland Revenue[12]?' Helen said, but it was without conviction and she wasn't surprised when this too came up blank[13].

---

1. Dans le contexte d'une recherche sur Internet, **hit** signifie *résultat*.
2. **To spell :** *épeler*.
3. **Fairly = quite.**
4. **To shift :** *déplacer, décaler*.
5. **Bulk** [bʌlk] **:** *masse, corpulence*.
6. **To run :** (ici) *diriger*.
7. **Diligent :** *assidu, scrupuleux*.
8. Cf. **to staff :** *pourvoir en personnel*.
9. **Pending :** *en attente, en suspens*.
10. Le **National Health Service** est le système national de santé public du Royaume-Uni. Il permet à toute personne ayant le statut de résident de bénéficier de soins gratuitement, qu'il s'agisse de la médecine générale, des soins longue durée ou des urgences. Fondé en 1948 par le gouvernement

Chapitre 12

« Je n'obtiens aucun résultat pour ce nom. Vous êtes sûre que vous l'épelez correctement ? »

« Oui. A-D-D-I-S-U. T-E-S-F-A-Y-E. Ce sont deux noms assez courants en Afrique de l'Est. »

« Eh bien, je crains que ça ne donne rien de mon côté. »

Rosemary Evans haussa les épaules avec regret et bougea son corps d'une corpulence considérable sur son siège. Elle dirigeait le bureau des archives de la police du Hampshire et, en règle générale, se montrait scrupuleuse et coopérative. Mais c'était une femme très occupée – en sous-effectif comme d'habitude – et disait franchement si elle ne pouvait pas vous aider.

« Pas de casier judiciaire, pas d'arrestation ni de procès en cours », poursuivit-elle.

« On peut essayer le NHS, pour voir s'il a un numéro de sécurité sociale ? »

« Eh bien, on peut essayer… »

Rosemary tapota sur quelques touches, et l'ordinateur ronronna avec contentement, avant d'émettre un bip sonore.

« Rien, j'en ai peur… »

« Les impôts ? » dit Helen, mais sans grande conviction, et elle ne fut pas surprise de l'absence de résultat.

---

travailliste de Clement Attlee, financé par les impôts, le NHS est une institution particulièrement chère au cœur du peuple britannique mais en crise depuis la fin des années 1980. En manque de moyens financiers, le NHS a vu ses financements diminués par les gouvernements conservateurs des années 2010 et figure en bas des classements européens des systèmes de soin. Le Brexit ainsi que la crise de la Covid-19 sont venus fragiliser davantage cette institution emblématique.

11. **To whirr** [wɜːʳ] : (à propos des rouages d'un mécanisme) *émettre un bruissement continu en tournant rapidement*.

12. L'ancien **Inland Revenue**, l'administration fiscale, fait depuis 2005 partie du département **Her Majesty's Revenue and Customs**.

13. **Blank :** *vide, blanc*.

Thanking Rosemary, Helen called time on their search shortly afterwards, aware that she was holding up[1] other officers with more pressing needs. She did this with good grace – she was here in her own time after all and Rosemary was doing her a favour – but Helen still felt bitterly[2] frustrated as she walked out of the building towards the bike park. Somebody had wanted her to find out who this young man was, had perhaps taken a risk in order to help her do so and she had failed them.

She was still lost in thought – speculating about[3] what might be going on at Manor Farm – when a noise behind her made her turn. To her surprise, Rosemary was running down the steps towards her. This was not something you saw every day.

'Why do you have to walk so fast?' she puffed[4], catching her breath[5]. 'This just came through.'

She handed Helen a fax. The latter[6]'s eye was immediately drawn to the Home Office[7] logo at the top.

'I always run[8] these things past the immigration guys, usually more in hope[9] than expectation.'

Helen was already scanning the details, hungry for information.

'Anyway, it seems your man is a Rwandan national. He filed two asylum[10] applications[11] in the last eighteen months. Both of which were turned down[12]. Something to be getting on with anyway.'

---

1. **To hold up :** *retarder, retenir.*
2. **Bitterly :** *avec amertume.*
3. **To speculate about :** *se poser des questions, émettre des suppositions sur.*
4. **To puff :** *haleter, être à bout de souffle.*
5. **To catch your breath :** *reprendre son souffle.*
6. **The latter :** ce dernier, cette dernière.
7. Le **Home Office** (ministère de l'Intérieur) est un département exécutif du gouvernement britannique. Dirigé par le secrétaire d'État à l'Intérieur,

Helen remercia Rosemary et mit fin à leur recherche peu de temps après, consciente qu'elle retardait d'autres policiers aux besoins plus urgents. Elle le fit de bonne grâce – elle était ici en prenant sur son temps libre après tout, et Rosemary lui rendait service – mais Helen éprouvait toujours une frustration amère en sortant du bâtiment pour se diriger vers le parking à motos. Quelqu'un avait voulu qu'elle découvre qui était ce jeune homme, avait peut-être pris un risque pour l'aider à le faire, et elle avait échoué.

Elle était encore perdue dans ses pensées – s'interrogeant sur ce qui pouvait bien se passer à Manor Farm – quand un bruit derrière elle la fit se retourner. À sa grande surprise, Rosemary dévalait l'escalier dans sa direction. Voilà quelque chose qui ne se voyait pas tous les jours.

« Pourquoi faut-il que vous marchiez si vite ? dit-elle en haletant et reprenant son souffle. Ceci vient juste d'arriver. »

Elle tendit un fax à Helen. L'œil de cette dernière fut immédiatement attiré par le logo du ministère de l'Intérieur en haut de la page.

« Je transfère toujours ces choses-là aux gens de l'immigration, d'habitude plus en désespoir de cause qu'autre chose. »

Helen parcourait déjà les détails, avide d'informations.

« Bref, il semble que votre homme soit un ressortissant rwandais. Il a déposé deux demandes d'asile au cours des dix-huit derniers mois. Les deux ont été rejetées. De quoi faire un peu avancer les choses. »

---

le Home Secretary, le Home Office a la responsabilité de la sécurité intérieure du Royaume-Uni. Dans ce cadre, ce département est chargé de la sécurisation des frontières et de la lutte contre l'immigration illégale.

8. **To run :** (ici) ***faire passer.***
9. **Hope :** *espoir.*
10. **Asylum :** *asile.*
11. **Application :** *demande, candidature.*
12. **To turn down :** *rejeter, refuser.*

Rosemary smiled, awaiting Helen's thanks, but the latter's mind was already turning. Had their victim chosen to take an illegal route into the country, to escape the rising tide[1] of violence in his country? If so, who had he turned to? And how had he got here?

1. **Tide :** *marée, vague.*

Rosemary sourit, attendant les remerciements d'Helen, mais celle-ci se triturait déjà les méninges. Leur victime avait-elle choisi d'entrer illégalement dans le pays pour échapper à la vague de violence qui montait dans le sien ? Si oui, à qui s'était-il adressé ? Et comment était-il arrivé ici ?

13

There was a message waiting for Helen when she arrived back at base. It was from Jim Grieves, asking her to return to the mortuary at her earliest convenience[1]. Helen was due to[2] start work shortly – her shift started in less than two hours – but even so she didn't hesitate, biking across town as fast as she could.

'Nice to see you again, WPC Grace.'

There was a definite twinkle this time. Jim Grieves seemed intrigued, even a little amused, by her. Helen suspected he had come across[3] his fair share[4] of over-excited rookies in his time.

'I've done the PM on our victim now,' Grieves continued, 'and before I send it down the line, I thought you might want to take a look at it.'

He handed a slim[5] folder to Helen, who opened it eagerly[6].

'I'm afraid he was in poor health, even before he sustained[7] his injuries. We opened him up and his lungs[8] were in very bad shape[9]. Advanced stages of tuberculosis.'

Helen took this in, wincing[10] slightly at the thought.

'It hadn't been treated and the poor guy must have been coughing his lungs up. He was living on borrowed[11] time, even before his injuries, all of which I've detailed in the report. The torture marks – if that's what they are – were all sustained recently, in the last three to six months ...'

---

1. **At your earliest convenience :** *au plus vite, dès que possible* ; **convenience :** *convenance.*
2. **Due to do something :** *devoir faire qqch.*
3. **To come across :** *croiser, tomber sur.*
4. **Share :** *part.*
5. **Slim = thin.**
6. **Eagerly :** *avec impatience, avec enthousiasme.*

Chapitre 13

Un message attendait Helen quand elle rentra au poste. Il venait de Jim Grieves, qui lui demandait de revenir à la morgue dès que possible. Helen devait commencer à travailler sous peu – son service commençait dans moins de deux heures – mais, malgré cela, elle n'hésita pas et traversa la ville à moto aussi vite que possible.

« Ravi de vous revoir, agente Grace. »

Il y avait cette fois une étincelle manifeste dans ses yeux. Jim Grieves semblait intrigué, un peu amusé même, par elle. Helen soupçonnait qu'en son temps, il avait rencontré son lot de débutantes surexcitées.

« J'ai terminé l'autopsie de notre victime, continua Grieves, et avant de l'envoyer à l'autre bout de la chaîne, j'ai pensé que vous voudriez sans doute y jeter un coup d'œil. »

Il tendit à Helen un mince dossier qu'elle ouvrit avec empressement.

« J'ai bien peur que sa santé ait été mauvaise, même avant de subir ses blessures. Nous l'avons ouvert et ses poumons étaient en très mauvais état. La tuberculose à un stade avancé. »

Helen digéra la nouvelle et grimaça légèrement à cette simple idée.

« Il n'avait pas été soigné et le pauvre homme devait tousser à en cracher ses poumons. Il vivait en sursis même avant ses blessures, que j'ai toutes détaillées dans le rapport. Les marques de torture – si c'est bien ce qu'elles sont – ont toutes été faites récemment, au cours des trois à six derniers mois... »

---

7. **To sustain :** *subir.*
8. **Lung :** *poumon.*
9. **Shape :** *forme.*
10. Cf. **to wince** [wɪns] : *grimacer, tressaillir.*
11. Cf. **to borrow :** *emprunter.*

Grieves paused, but Helen continued to flick through[1] the pages of his report.

'Anything else?' Helen enquired, trying her best[2] not to sound disappointed[3].

'There was nothing in his stomach[4], nothing that might place him a little better … but I did find something unusual under his fingernails[5].'

Helen looked up – there was that that twinkle again. Grieves had been building to this and paused slightly, before eventually delivering[6] the punchline[7].

'Turkey faeces.'

---

1. **To flick through :** *feuilleter, parcourir.*
2. **To try her best :** *faire de son mieux.*
3. **Disappointed :** *déçu* ; **disappointment** : *déception*. Attention au faux ami : le mot anglais **deception** signifie *feinte, tromperie.*

Grieves s'interrompit, mais Helen continuait à feuilleter les pages de son rapport.

« Quelque chose d'autre ? » demanda Helen en faisant de son mieux pour ne pas paraître déçue.

« Il n'y avait rien dans son estomac, rien qui puisse le situer un peu mieux... mais j'ai trouvé quelque chose d'inhabituel sous ses ongles. »

Helen leva les yeux – l'étincelle avait réapparu. Grieves avait mené son récit pour arriver à ce moment précis et fit une petite pause, avant de finalement en révéler la chute.

« Des excréments de dinde. »

---

4. **Stomach :** *estomac, ventre.*
5. **Fingernail :** *ongle.*
6. **To deliver :** *prononcer, livrer.*
7. **Punchline :** *chute.*

14

Helen's stomach tightened[1] with every step she took. Part of her wanted to turn and run, but she knew she had to press on[2]. So summoning her courage, she walked to the end of the corridor and knocked on the closed door.

The CID unit was based at the Central Police Station in Southampton's civic centre. It was a far cry from[3] the HTP offices in Totton and the slight sneer[4] on the face of the Inspector's assistant as she took in Helen's biker's uniform reflected this. Helen wasn't in the mood for condescension, however, so she cut to the chase[5].

'Detective Inspector Whittaker, please.'

'Now what brings you all the way down here, Constable?'

Whittaker barely looked up as he spoke, his attention glued[6] to a case file in front of him. He was tall, charismatic and handsome, the poster boy for Southampton CID. His natural advantages were backed up[7] by considerable investigative[8] talents – he already had several important collars[9] under his belt and was tipped to go far. He was well above Helen's pay grade[10] – on every level – which is why she felt such a fraud standing in front of him now.

'I believe I have evidence of a serious crime, sir.'

'Go on,' Whittaker replied, his eyes still glued to his file.

'We had an RTA fatality[11] yesterday. A young African man. I believe he's an illegal immigrant who may have been chased to his death by criminal elements.'

---

1. **To tighten :** *se resserrer, se nouer.*
2. **To press on :** *continuer, persévérer.*
3. **A far cry from :** *ne rien à voir avec, être sans comparaison avec.*
4. **Sneer :** *ricanement, rictus.*
5. **To cut to the chase :** *aller droit au but.*
6. **Glued :** *collé.*
7. **To back something up :** *confirmer, soutenir.*

Chapitre 14

L'estomac d'Helen se nouait à chaque pas qu'elle faisait. Une partie de sa personne voulait faire demi-tour et s'enfuir, mais elle savait qu'elle devait continuer. Rassemblant son courage, elle marcha jusqu'au bout du couloir et frappa à la porte close.

L'unité de la PJ se trouvait au commissariat central, dans le centre municipal de Southampton. On était loin des bureaux de la Brigade motocycliste à Totton et le visage de l'assistante de l'inspecteur, qui regardait l'uniforme de motard d'Helen avec un léger sourire méprisant, le reflétait bien. Helen n'était cependant pas d'humeur à la condescendance et alla donc droit au but.

« L'inspecteur Whittaker, s'il vous plaît. »

« Qu'est-ce qui vous amène jusqu'ici, agente ? »

Whittaker leva à peine les yeux en parlant, son attention rivée sur le dossier qu'il avait devant lui. Il était grand, charismatique, et beau, la tête d'affiche parfaite pour la police judiciaire de Southampton. À ses atouts naturels s'ajoutaient des talents d'enquêteur considérables – il avait déjà plusieurs arrestations importantes à son actif et se destinait à une grande carrière. Il était bien au-dessus de l'échelon d'Helen – à tous les niveaux – et c'est pourquoi, se tenant maintenant face à lui, elle avait un sentiment d'imposture.

« Je crois que j'ai les preuves d'un crime grave, monsieur. »

« Continuez », répondit Whittaker, les yeux toujours rivés sur son dossier.

« Hier, nous avons eu un accident de la route mortel. Un jeune homme africain. Je pense qu'il s'agit d'un immigré clandestin qui a peut-être été poursuivi à mort par des criminels. »

---

8. Cf. **to investigate :** *enquêter.*
9. Cf. **to collar** (fam.) **:** *mettre le grappin sur.*
10. **Pay grade :** échelon de rémunération.
11. **Fatality :** *accident mortel, mort.*

'Chased?' Whittaker queried[1], finally raising his gaze to meet hers.

'With dogs .... they set dogs on[2] him. He had a fresh bite mark on his ankle, the soles of his feet were lacerated ... I think he was chased through the forest and onto the road.'

'From where?'

'A nearby poultry farm. The owner employs African workers there during the Christmas period. Our RTA victim had turkey faeces under his fingernails —'

'Turkey faeces?!'

'Yup,' Helen confirmed quickly, painfully[3] aware of how foolish[4] it sounded. 'The farm's the only sizeable dwelling[5] near the accident site and the coincidence struck[6] me —'

'And can I ask how you know all this?' Whittaker interrupted firmly.

For the first time Helen paused. She knew this was where her trouble would begin, but it was too late to back out now.

'I asked Jim Grieves to do a post mortem on the body for me.'

'Did you now?'

Helen nodded, unsure how else to respond.

'And he agreed?' Whittaker continued, his astonishment[7] clear.

'Yes, sir. He felt the incident was worthy of[8] further investigation.'

Whittaker sat back in his chair, taking her in properly[9] for the first time.

---

1. **To query** ['kwɪəri] **:** *interroger, demander.*
2. **To set on :** *lancer, lâcher qqch sur qqn.*
3. **Painfully :** *douloureusement, péniblement.*
4. **Foolish :** *ridicule, stupide.*
5. **Dwelling :** *habitation, demeure.*
6. **To strike, struck, stricken :** *frapper.*

« Poursuivi ? » interrogea Whittaker en levant finalement son regard pour rencontrer le sien.

« Avec des chiens… Ils ont lancé des chiens sur lui. Il avait une marque de morsure fraîche à la cheville, la plante de ses pieds était lacérée… Je pense qu'il a été poursuivi à travers la forêt et sur la route. »

« Depuis où ? »

« D'une ferme avicole à proximité. Le propriétaire y emploie des travailleurs africains pendant la période de Noël. Notre victime de l'accident de la route avait des excréments de dinde sous les ongles… »

« Des excréments de dinde ?! »

« Eh oui, confirma rapidement Helen, cruellement consciente que ses propos paraissaient insensés. La ferme est la seule habitation assez importante près du lieu de l'accident et la coïncidence m'a frappée… »

« Et puis-je demander comment vous savez tout cela ? » l'interrompit fermement Whittaker.

Pour la première fois, Helen marqua une pause. Elle savait que les ennuis allaient maintenant commencer pour elle, mais il était désormais trop tard pour reculer.

« J'ai demandé à Jim Grieves de faire une autopsie du corps pour moi. »

« Vous avez fait ça ? »

Helen hocha la tête, ne sachant pas comment répondre autrement.

« Et il a accepté ? » poursuivit Whittaker, clairement étonné.

« Oui, monsieur. Il a estimé que l'incident méritait une enquête plus approfondie. »

Whittaker s'assit au fond de sa chaise, l'examinant avec attention pour la première fois.

---

7. **Astonishment :** *étonnement, stupéfaction.*
8. **Worthy of :** *digne de, mériter.*
9. **Properly :** *correctement, convenablement.*

'And you didn't go to your boss because ...'

'Not really our line of work[1],' Helen confessed, aware of how exposing[2] this admission[3] was.

Whittaker stared at her for a while, then said: 'Well, seeing as you've come all this way, why don't you sit down and tell me a little more about it?'

Helen did as she was asked, quickly filling Whittaker in[4] on the details. He sat silently, taking in what she said, occasionally raising an eyebrow at Helen's more cavalier actions. Eventually she finished and sat back in her chair. She looked at Whittaker in silence, hopeful but nervous of his response.

'Well, it seems you've got enough evidence to warrant[5] further investigation,' he concluded after a pause, to Helen's relief[6]. 'Though I don't entirely approve of the manner in which you came by[7] it. Cavalier policing leads to criminals slipping off the hook[8], WPC Grace.'

'Yes, sir.'

'So I'm going to suggest you let *us* take a quick look at this. You've done more than enough for now and unless I'm very much mistaken[9] ... you're late for your shift.'

---

1. **Line of work :** *métier, cadre de ses fonctions.*
2. Cf. **to expose :** *exposer, révéler.*
3. **Admission :** *aveu, confession.*
4. **To fill somebody in :** *mettre qqn au courant.*
5. **To warrant :** *justifier.*

« Et vous n'êtes pas allée voir votre chef parce que… »

« Ce n'est pas vraiment dans le cadre de nos fonctions », reconnut Helen, consciente d'à quel point cet aveu l'exposait.

Whittaker la fixa un moment, puis dit : « Eh bien, puisque vous avez fait tout ce chemin, pourquoi ne pas vous asseoir et m'en dire un peu plus ? »

Helen fit ce qu'on lui demandait, mettant rapidement Whittaker au courant des détails. Il resta assis en silence, absorbant le récit d'Helen, haussant de temps en temps un sourcil à la mention de ses actions les plus cavalières.

Lorsqu'elle eut terminé, elle s'immobilisa sur sa chaise. Elle regardait Whittaker en silence, pleine d'espoir mais nerveuse à l'idée de sa réaction.

« Eh bien, il semble que vous ayez suffisamment de preuves pour justifier une enquête plus approfondie, conclut-il après une pause, au grand soulagement d'Helen. Bien que je n'approuve pas entièrement la manière dont vous les avez obtenues. Des méthodes policières désinvoltes permettent aux criminels de se tirer d'affaire, agente Grace. »

« Oui, monsieur. »

« Je vais donc vous suggérer de *nous* laisser y jeter un coup d'œil. Vous en avez fait plus qu'assez pour l'instant et à moins que je ne me trompe… Vous êtes en retard pour commencer votre service. »

---

6. **Relief :** *soulagement.*
7. **To come by something :** *trouver.*
8. **Off the hook :** *tiré d'affaire.*
9. **To be mistaken :** *se tromper, avoir tort.*

15

'What the fuck do you think you're playing at?'

As predicted[1], Helen *was* late for work. Her boss had demanded[2] an explanation and as there was no point[3] lying, Helen had confessed all, sugaring the pill[4] as best she could. She had hoped that Whittaker's interest in the case might mitigate[5] her actions in Sergeant McBain's eyes, but it hadn't. McBain made the old school look progressive – chain of command[6] was everything to him.

'Watch a lot of *Juliet Bravo*[7] when you were a kid, did you? Or maybe it's *The Bill*[8] you like ...?'

Helen said nothing. These were rhetorical questions, laced with[9] derision and contempt[10].

'Let me remind you, Constable, that you are still *learning*. This is just a rotation, one I expect you to serve[11] like anyone else – quietly, efficiently, diligently. You do what I tell you, when I tell you, is that clear?

'Yes, sir,' Helen accepted, keeping her eyes to the floor to avoid betraying her anger at this aggressive dressing-down[12]. She was sure the other rookies could hear this bollocking[13] and suspected that was part of the point.

---

1. Cf. **to predict :** *prévoir.*
2. **To demand :** *exiger.*
3. **There is no point :** *cela ne sert à rien, c'est inutile.*
4. **To sugar the pill** (fig.) **:** *faire passer la pilule* ; **to sugar :** *édulcorer, adoucir* ; **sugar :** le sucre.
5. **To mitigate :** *atténuer, réduire.*
6. **Chain of command :** *voie hiérarchique, chaîne de commandement.*
7. Cette série policière britannique, créée par Ian Kennedy Martin et diffusée sur la BBC de 1980 à 1985, fut l'une des premières à avoir pour personnage principal une inspectrice de police. Dans les trois premières saisons, l'héroïne nommée Jean Darblay est incarnée par l'actrice Stephanie Turner, avant qu'Anna Carteret ne prenne la relève pour les 3 saisons suivantes dans le rôle de l'inspectrice Kate Longton.

Chapitre 15

« Vous jouez à quoi là, bordel ? »

Comme prévu, Helen était arrivée en retard au travail. Son chef avait exigé une explication, et comme il ne servait à rien de mentir, Helen avait tout avoué, faisant passer la pilule du mieux qu'elle le pouvait. Elle avait espéré que l'intérêt de Whittaker pour l'affaire atténuerait ses actes aux yeux du sergent McBain, mais ce n'était pas le cas. À côté de McBain, la vieille école paraissait progressiste – la chaîne de commandement représentait tout pour lui.

« Vous avez trop regardé *Juliet Bravo* quand vous étiez petite, c'est ça ? Ou peut-être que c'est *The Bill* que vous préférez… ? »

Helen ne répondit rien. Ces questions étaient rhétoriques, la dérision s'y mêlait au mépris.

« Laissez-moi vous rappeler, agente, que vous êtes encore en phase d'apprentissage. Ceci n'est qu'un stage, et j'attends que vous le fassiez comme n'importe qui d'autre – avec calme, efficacité, et assiduité. Vous faites ce que je vous dis, quand je vous le dis, c'est bien clair ? »

« Oui, chef », accepta Helen, en gardant les yeux fixés sur le sol pour ne pas trahir la colère qu'elle ressentait à recevoir un savon si agressif. Elle était sûre que les autres bleus pouvaient entendre cette réprimande et soupçonnait que c'était en partie le but recherché.

---

8. *The Bill* est l'une des séries les plus longues de l'histoire de la télévision britannique, ayant été diffusée sur la chaîne ITV de 1983 à 2010. Créée par Geoff McQueen, cette fiction autour de la vie d'une équipe de policiers tient son titre de l'expression d'argot **Old Bill** qui désigne la police.

9. **To be laced with :** *être arrosé de, mélangé à.*

10. **Contempt :** *mépris.*

11. **To serve :** *servir, faire.*

12. **Dressing-down** (fam.) **:** *savon* ; **to give sb a dressing-down :** *passer un savon à qqn.*

13. **Bollocking** (fam.) **:** *engueulade, savon* ; *se faire engueuler.*

'You may think you're CID material[1], but I don't,' McBain continued. 'You've no discipline, no respect for rank or protocol ... which is why I'm taking you off active duty.'

'But, sir —'

'Until further notice[2], you will be on cone[3] duty. I hope you like roadworks, WPC Grace, because you're going to be seeing a lot of them from now on.'

Helen wanted to protest, but knew it was pointless.

'Now piss off[4] before I really lose my temper[5].'

Helen rode back to her flat, angry with life and angry with herself. She had done the right thing – though admittedly not in the right way – and had been soundly[6] punished for it. The Christmas season was just beginning, meaning traffic chaos, endless bumps and shunts[7] and of course the festive roadworks. Helen would be getting a close-up view of all of the above. That was McBain's Christmas present to her.

The city centre was already gridlocked[8] with cars, the Christmas shopping already in full swing[9]. Helen didn't dawdle[10]. Everywhere she looked she saw couples strolling[11] arm in arm, families laughing, dads struggling along the street with huge carrier bags[12] filled with presents. It was a sight that would have cheered[13] most people, but not Helen. She had few happy memories of the festive season to call on and no one to spend it with.

She would never say it out loud, but the truth was that Helen really hated Christmas.

---

1. **Material :** *étoffe.*
2. **Until further notice :** *jusqu'à nouvel ordre.*
3. **Cone :** *cône de signalisation.*
4. **Piss off** (interj., fam.) **:** *foutez le camp, dégagez !*
5. **Lose one's temper :** *s'emporter, se mettre en colère.*
6. **Soundly :** *complètement,* (fam.) *à plates coutures.*
7. **Shunt :** *manœuvre, déplacement.*
8. **Gridlocked :** *bloqué, engorgé.*
9. **In full swing :** *battre son plein.*

« Vous pensez peut-être que vous avez l'étoffe d'une inspectrice, mais moi non, poursuivit McBain. Vous n'avez aucune discipline, aucun respect de la hiérarchie ou du règlement… c'est pourquoi je vous retire du service actif. »

« Mais, chef… »

« Jusqu'à nouvel ordre, vous serez affectée aux plots de signalisation. J'espère que vous aimez les travaux routiers, agente Grace, parce que vous allez en voir beaucoup à partir de maintenant. »

Helen voulait protester, mais savait que c'était inutile.

« Maintenant, dégagez avant que je ne perde vraiment mon sang-froid. »

Helen retourna à moto à son appartement, en colère contre la vie et contre elle-même. Elle avait fait ce qu'il fallait – même si, il faut l'avouer, pas de la bonne manière – et elle avait été sévèrement punie pour cela. La saison de Noël venait juste de commencer, ce qui signifiait le chaos des embouteillages, les accrochages continus, les déviations et, bien sûr, les travaux routiers des fêtes. Helen allait voir tout cela de très près. C'était le cadeau de Noël que lui faisait McBain.

Déjà, le centre-ville était embouteillé, les courses de Noël battaient leur plein. Helen ne s'attarda pas. Partout où elle regardait, elle voyait des couples se promener bras dessus bras dessous, des familles qui riaient, des papas qui se démenaient dans la rue avec d'énormes sacs remplis de cadeaux. C'était un spectacle qui aurait réjoui la plupart des gens, mais pas Helen. Elle n'avait que peu de souvenirs heureux de la période des fêtes et personne avec qui la passer.

Elle ne l'aurait jamais dit à voix haute, mais la vérité était qu'Helen détestait vraiment Noël.

---

10. **To dawdle** ['dɔːdəl] **:** *traîner.*
11. **To stroll :** *se balader, flâner.*
12. **Carrier bag :** *sac de courses.*
13. **To cheer :** *réconforter, réjouir.*

16

The fates[1] seemed to be conspiring against Helen today. As soon as she stepped inside her flat, she heard the strains[2] of Mr Blobby[3]. Peeking inside the living room door, Helen saw that Tina was home, partying[4] with some of her hospital colleagues. They had clearly been hitting the Archers[5] and were in boisterous mood, singing along[6] to *Top of the Pops*[7]. Helen had little interest in pop music, but she had hoped that Take That[8] would manage to cling on to[9] the No. 1 spot for Christmas. Mr Blobby, however, would not be denied and his 'song' rolled around the flat now.

'There you are at last[10]! Come and join us!'

Helen looked up to see Tina coming towards her, red-faced and happy. And for a moment Helen was tempted to join in the party, but even as she took a step into the room, she found herself saying:

'Maybe in a bit[11]. There's a couple of things I need to do first.'

Heading for her bedroom, Helen cursed[12] herself. She knew her flatmates[13] thought she was weird – a loner[14] – but they still tried to be friendly[15] and it wouldn't kill her to reciprocate[16]. But the truth was that she always felt out on a limb[17] at these things, because she didn't drink and was

---

1. Au singulier, **fate** signifie *destin, sort*. Au pluriel, **fates** fait référence aux Parques, ces trois déesses qui, dans la mythologie romaine, régissent la destinée des hommes en filant et coupant le fil de leur vie.

2. **Strains :** (toujours plur.) *bribes de musique* que l'on perçoit généralement au loin, dans une autre pièce, etc.

3. **Mr Blobby** est un personnage du programme de télévision *Noel's House Party*, dont la chanson a caracolé en tête du classement de l'UK Singles Chart en 1993.

4. **To party :** *faire la fête.*

5. Groupe de musique chrétienne contemporaine, **The Archers** a enregistré de nombreux succès pendant les années 1970, 1980 et 1990.

6. **To sing along :** *chanter en chœur, chanter en même temps.*

7. **Top of the Pops :** de 1964 à 2006, cette émission de télévision britannique de la BBC proposait chaque semaine, puis chaque Noël, des tours de chant populaires figurant dans le hit-parade. C'est l'équivalent du Top 50 en France.

Chapitre 16

Les Parques semblaient s'acharner contre Helen aujourd'hui. À peine avait-elle posé un pied dans son appartement qu'elle entendit les accords de M. Blobby. En jetant un coup d'œil par la porte du salon, Helen vit que Tina était à la maison et faisait la fête avec quelques collègues de l'hôpital. Ils avaient manifestement écouté en boucle les Archers et, débordant d'entrain, chantaient en chœur en accompagnant le hit-parade de Top of the Pops. Helen s'intéressait peu à la musique pop, mais elle avait espéré que le groupe Take That parviendrait à s'accrocher à sa première place pour Noël. M. Blobby, cependant, ne se laissait pas faire et sa « chanson » faisait le tour de l'appartement.

« Te voilà enfin ! Viens nous rejoindre ! »

Helen leva les yeux et vit Tina venir vers elle, toute rouge et heureuse. Le temps d'un instant, Helen fut tentée de se joindre à la fête, mais alors même qu'elle entrait dans la pièce, elle s'entendit dire :

« Peut-être tout à l'heure. J'ai deux ou trois choses à faire d'abord. »

Helen se maudit en se dirigeant vers sa chambre. Elle savait que ses colocataires la trouvaient bizarre – une solitaire – mais ils essayaient toujours de se montrer chaleureux et ça ne la tuerait pas de leur rendre la pareille. Mais la vérité, c'est qu'elle se sentait toujours seule dans ce genre de situation, parce qu'elle ne buvait pas et qu'elle

---

8. **Take That :** groupe de musique pop des années 1990 originaire de Manchester. Le chanteur Robbie Williams en a fait partie.
9. **To cling on to :** *s'accrocher à, se cramponner à.*
10. **At last :** *enfin.*
11. **In a bit :** *dans un moment, tout à l'heure.*
12. **To curse :** *maudire.*
13. **Flatmate :** *colocataire.*
14. **Loner :** *solitaire.*
15. **Friendly :** *aimable, amical, chaleureux.*
16. **To reciprocate :** *rendre la pareille, en faire autant.*
17. **On a limb** (fig.) **:** *isolé.*

crap[1] at small talk[2]. Besides, she had a duty to perform. Her sole duty of the festive season.

Sitting down on her bed, Helen opened the Christmas cards she'd bought from WH Smith[3]. She had only wanted one, but you had to buy twenty of course – perhaps she could give one to Tina and Justin as a peace offering[4], though what she'd say in them she wasn't sure.

She was no more certain what to write now. So instead she scribbled[5] the address on the envelope first: Marianne Haynes, Holloway Prison[6], 392 Camden Road, London N7 0SJ. This was the easy part, summoning up the right words to say to a sister who neither expected nor wanted the card was slightly harder. Every year she wrote the card, every year it was sent back[7] unopened. Yet still she persisted. Why? Because she felt guilty[8] about turning her sister in? Because she wanted to bring herself and her sister some solace[9] during this annual celebration of 'family'? Or simply because she still loved her?

It was impossible to say, so picking up her pen Helen wrote her standard message. 'Thinking of you as always. All my love, Jodie.' It wasn't much but Helen hoped Marianne would read it one day and see that she meant it. Despite everything she loved and missed her sister and wanted to see her again – if her sister would let her.

Looking up, Helen was surprised to find Tina standing in her room.

'Sorry, I did knock[10], but ...'

---

1. **Crap :** (vulg.) sens propre : *merde*, mais très souvent utilisé, comme ici, en tant qu'adj. avec le sens *nul*.
2. **Small talk :** *bavardage, parler de la pluie et du beau temps.*
3. **WH Smith :** grande chaîne de librairies en Grande-Bretagne qui date de 1848 lorsque son fondateur, William Henry Smith, ouvre un stand de presse à la gare Euston de Londres. La chaîne comporte un magasin à Paris fondé en 1903 et qui se trouve toujours rue de Rivoli.
4. **Peace offering :** *gage de réconciliation.*
5. **To scribble :** *gribouiller.*
6. **Holloway Prison :** prison qui, avant sa fermeture définitive en 2016,

était nulle pour faire la conversation. De plus, elle avait un devoir à accomplir. Son seul devoir de la période des fêtes.

Assise sur son lit, Helen ouvrit les cartes de Noël qu'elle avait achetées chez W. H. Smith. Elle n'en voulait qu'une, mais il fallait bien sûr acheter le lot de vingt – peut-être pourrait-elle en donner une à Tina et une à Justin en gage de paix, même si elle n'était pas sûre de ce qu'elle y dirait.

Elle ne savait pas davantage quoi écrire maintenant. Alors, elle griffonna d'abord l'adresse sur l'enveloppe : Marianne Haynes, Prison de Holloway, 392 Camden Road, Londres N7 0SJ. C'était la partie la plus facile ; trouver les mots justes pour une sœur qui n'attendait ni ne voulait de carte était légèrement plus difficile. Chaque année, elle en écrivait une, chaque année elle lui était renvoyée sans avoir été ouverte. Pourtant, elle s'obstinait. Pourquoi ? Parce qu'elle se sentait coupable d'avoir dénoncé sa sœur ? Parce qu'elle voulait du réconfort pour elle et sa sœur, lors de cette célébration annuelle de la « famille » ? Ou simplement parce qu'elle l'aimait encore ?

C'était impossible à dire, alors Helen prit son stylo pour écrire son message habituel. « Je pense à toi comme toujours. Avec toute mon affection, Jodie. » Ce n'était pas grand-chose mais Helen espérait que Marianne la lirait un jour et verrait qu'elle le pensait vraiment. Malgré tout, elle aimait sa sœur qui lui manquait et qu'elle voulait revoir – si sa sœur la laissait faire.

Levant les yeux, Helen fut surprise de trouver Tina dans sa chambre.

« Désolée, j'ai frappé, mais... »

était réservée aux femmes et jeunes délinquantes. Au début du XXe siècle, de nombreuses suffragettes y furent emprisonnées, dont Emmeline Pankhurst, l'une des figures de proue du militantisme pour le droit de vote des femmes en Grande-Bretagne.

7. **To send back :** *renvoyer.*
8. **Guilty :** *coupable.*
9. **Solace :** *réconfort.*
10. **To knock :** *frapper, taper.*

'Away with the fairies[1],' Helen said quickly, sliding[2] the card into the envelope.

'Anyway, there's a phone call for you. Someone important by the sounds of it.'

Thanking Tina, Helen hurried[3] to the kitchen, pulling the door to behind her. She picked up the receiver and was surprised to find Detective Inspector Whittaker on the other end.

'Do you usually make senior officers wait that long?'

'No, sir, not at all, you caught me in the middle of something —'

'Got someone there with you, have you?'

'No, no, I mean —'

'You don't need to answer that. I was just calling to let you know that having reviewed[4] the evidence we've decided to take this further.'

Helen felt a flush of excitement, but said nothing.

'We're having a push[5] on people trafficking[6] and we've decided there is sufficient evidence to justify a raid on Manor Farm. We're going tonight and if you fancy[7] it ... I might let you tag along[8].'

---

1. M. à. m. « partie avec les fées » ; **fairy :** *fée.*
2. **To slide :** *glisser.*
3. **To hurry :** *se dépêcher.*
4. **To review :** *revoir, réexaminer.*

« J'étais dans la lune », dit rapidement Helen en glissant la carte dans l'enveloppe.

« Bref, il y a quelqu'un au téléphone pour toi. Quelqu'un d'important on dirait. »

Remerciant Tina, Helen se précipita vers la cuisine, fermant la porte derrière elle. Elle décrocha le combiné et fut surprise d'entendre l'inspecteur Whittaker à l'autre bout du fil.

« C'est dans vos habitudes de faire attendre vos supérieurs aussi longtemps ? »

« Non, monsieur, pas du tout, j'étais juste en plein milieu de quelque chose... »

« Vous n'êtes pas seule, c'est ça ? »

« Non, non, je veux dire... »

« Ce n'est pas la peine de répondre. J'appelais juste pour vous dire qu'après avoir examiné les preuves, nous avons décidé de poursuivre l'enquête. »

Helen ressentit une bouffée d'excitation, mais garda le silence.

« Nous faisons face à un accroissement du trafic d'êtres humains et nous avons décidé qu'il y avait suffisamment de preuves pour justifier une descente à Manor Farm. Nous y allons ce soir et si cela vous chante... je pourrais vous laisser nous accompagner. »

5. **Push :** *poussée, offensive.*
6. **People trafficking :** *trafic d'êtres humains.*
7. **To fancy :** *avoir envie de.*
8. **To tag along = to accompany.**

17

Half an hour later, Helen found herself in the back of an unmarked[1] van. The atmosphere inside was tense – a handful of plainclothes[2] officers sitting cheek by jowl[3], pondering[4] what might lie ahead. They had already had their briefing, so conversation was minimal, which made Helen feel even more self-conscious[5]. She was the only woman in the van. She was the only traffic cop in the van. She wanted to chat, to try and break down[6] barriers. But no one seemed to want to engage[7]. Except Whittaker.

'You been on one of these things before?'

'Not part of our training, I'm afraid.'

'Which is why yours is a watching brief[8]. You're here to assist us, nothing more.'

'Of course.'

'McBain doesn't even know you're here. If I return you damaged[9], well, he'd never forgive[10] me.'

It was said with a smile and Helen couldn't help smiling back in response.

'Or perhaps it's the bad guys[11] I should be worried about,' Whittaker continued. 'And the damage you could inflict on *them* ...'

'Perhaps,' Helen replied coyly[12], though she liked the feeling his compliment gave her. She worked hard in the gym every day to make sure she was as tough, as quick, as sharp as any male officer.

---

1. **Unmarked :** *non marqué* ; pour qualifier une voiture de police comme ici, *banalisé.*
2. **Plainclothes :** *en civil* ; **plain :** *simple, quelconque.*
3. **Cheek by jowl :** m. à m. « joue contre bajoue » ; *être tout près de qqn, être les uns sur les autres.*
4. **To ponder :** *réfléchir.*
5. **Self-conscious :** *gêné, mal à l'aise.*
6. **To break down :** *démolir.*

Chapitre 17

Une demi-heure plus tard, Helen se retrouvait à l'arrière d'un fourgon banalisé. L'atmosphère à l'intérieur était tendue – une poignée de policiers en civil, serrés les uns contre les autres, réfléchissaient à ce qui pouvait les attendre. Ils avaient déjà reçu leurs instructions, la conversation était donc minimale, ce qui mettait Helen encore plus mal à l'aise. Elle était la seule femme dans le fourgon. Elle était le seul agent de la circulation. Elle voulait discuter, essayer d'abattre les barrières. Mais personne ne semblait vouloir se lancer dans une conversation. À l'exception de Whittaker.

« Vous avez déjà participé à une mission de ce genre ? »

« Ça ne fait pas partie de notre formation, j'en ai peur. »

« C'est pourquoi vous n'avez là qu'un rôle d'observation. Vous êtes là pour nous assister, rien de plus. »

« Bien sûr. »

« McBain ne sait même pas que vous êtes là. Si je vous rends abîmée, eh bien, il ne me le pardonnera jamais. »

C'était dit avec un petit sourire et Helen ne put s'empêcher de sourire en retour.

« Ou peut-être que je devrais m'inquiéter de ce qui attend les méchants, continua Whittaker. Et des dégâts que *vous* pourriez leur infliger... »

« Peut-être », répondit Helen avec un air faussement timide, bien qu'elle appréciât la sensation que lui procurait ce compliment. Elle travaillait dur tous les jours dans la salle de gym pour s'assurer d'être aussi forte, rapide et vive que n'importe quel policier de sexe masculin.

---

7. **To engage :** *engager le dialogue.*
8. **Watching brief :** *mandat de surveillance, mission d'observation.*
9. **Damaged :** *endommagé, abîmé.*
10. **To forgive :** *pardonner.*
11. **Bad guy :** *méchant.*
12. Cf. **coy :** *faussement effarouché, faussement timide.*

'Why did you do join up, Helen? You must have been pretty young.'

Helen shrugged. She didn't want to go there, especially not with the other CID officers listening.

'Dad in the force?'

'Definitely not.'

'Local girl who wants to give something back?'

'I'm not from around here.'

'Should have guessed[1]. You can't really disguise that London twang[2], can you?'

It was an invitation to share, but Helen wasn't going to accept it. Whittaker was clearly interested in her, though in what way Helen couldn't tell. She was in enough trouble[3] already, so decided not to encourage his interest. For now at least.

Mercifully[4], she was spared[5] further interrogation by a sharp rap[6] on the back of the driver's cab, even as the van came to a gentle halt[7].

They had arrived.

---

1. **To guess :** *deviner.*
2. **Twang :** *accent prononcé.*
3. **To be in trouble :** *avoir des ennuis, avoir des problèmes.*
4. **Mercifully :** *par chance* ; **mercy :** *clémence, miséricorde.*

« Pourquoi vous êtes-vous engagée, Helen ? Vous deviez être assez jeune. »

Helen haussa les épaules. Elle ne voulait pas aborder ce sujet, surtout pas avec les autres inspecteurs de la PJ qui écoutaient.

« Votre père était dans les forces de l'ordre ? »

« Absolument pas. »

« Une fille du coin qui veut donner quelque chose en retour ? »

« Je ne suis pas d'ici. »

« J'aurais dû m'en douter. Vous ne pouvez pas vraiment cacher votre accent londonien, n'est-ce pas ? »

C'était une invitation à se confier, mais Helen n'allait pas l'accepter. Whittaker s'intéressait clairement à elle, mais de quelle manière, Helen ne savait pas le dire. Elle avait déjà assez d'ennuis comme ça, alors elle décida de ne pas encourager son intérêt. Pour le moment du moins.

Par chance, un interrogatoire plus poussé lui fut épargné par un coup sec à l'arrière de la cabine du conducteur, alors même que la camionnette s'arrêtait doucement.

Ils étaient arrivés.

---

5. **To spare :** *épargner.*
6. **Rap :** *coup sec.*
7. **To come to a halt :** *s'arrêter.*

18

The farm was swathed[1] in darkness. The dogs slumbered[2] gently, still tethered to their posts, but otherwise the yard was deserted, save for[3] the gentle nocturnal clucking emanating from the turkey coops. After a busy day's toil[4], everyone was finally at rest.

The chain link fences[5] were padlocked together, but the flimsy[6] metal lock was no match for[7] the bolt cutters[8]. A CID officer, now wearing a Hampshire Police bib[9] over his stab vest[10], removed it quickly, then silently pulled open the gates[11] for the van to enter. As the van drove in, the dogs began to stir[12]. Sensing this, the officer rapped the outside of the van. Immediately, the officers swarmed out[13], separating and fanning out[14] across the yard.

By the time Helen hopped down[15] from the back of the van, the dogs were in full voice. They snarled[16] and leapt towards her, flashing their long, white teeth in anger. Helen had no doubt they were capable of inflicting serious injuries and was glad they were soundly tethered[17]. Judging by the protruding[18] ribs and missing patches of fur, they were deliberately kept hungry and angry for just that reason.

---

1. **To swathe** [sweɪð] **:** *envelopper.*
2. **To slumber :** *dormir, sommeiller.*
3. **Save (for) :** *sauf.*
4. **Toil :** *labeur, travail.*
5. **Fence :** *barrière, clôture.*
6. **Flimsy :** *fragile, piètre.*
7. **To be no match for :** *ne pas faire le poids face à.*
8. **Bolt-cutter :** *coupe-boulons* ; **bolt :** *verrou, boulon.*
9. **Bib :** *dossard.* Pour un enfant, **bib** fait référence au *bavoir.*
10. Cf. **to stab :** *poignarder.*
11. **Gate :** *portail, barrière.*

Chapitre 18

La ferme était plongée dans l'obscurité. Les chiens sommeillaient paisiblement, toujours attachés à leurs poteaux, mais sinon la cour était déserte, à l'exception du doux gloussement nocturne qui émanait des poulaillers. Après une journée de labeur bien remplie, tout le monde se reposait enfin.

Les clôtures grillagées étaient cadenassées, mais le verrou en métal était peu solide et ne fit pas le poids face aux coupe-boulons. Un inspecteur de la PJ, qui portait alors un dossard de la police du Hampshire par-dessus son gilet anti-couteau, l'enleva rapidement, puis ouvrit silencieusement les portes pour que la camionnette puisse entrer. Lorsque celle-ci s'approcha, les chiens commencèrent à se réveiller. Percevant cela, l'inspecteur donna un coup sec à l'extérieur du fourgon. Immédiatement, les policiers se ruèrent hors de la camionnette, se séparant pour se disperser dans la cour.

Lorsque Helen sauta de l'arrière du fourgon, les chiens aboyaient à pleine voix. Ils grognèrent et bondirent vers elle, rageurs, en exhibant leurs longs crocs blancs. Helen ne doutait pas qu'ils fussent capables d'infliger de graves blessures et était heureuse qu'ils soient solidement attachés. À en juger par leurs côtes saillantes et les touffes de poil qui leur manquaient, on les gardait délibérément affamés précisément pour les énerver.

---

12. **To stir :** *bouger, remuer.*
13. **To swarm :** *affluer, déferler* (de **swarm :** *essaim*). L'ajout de l'adv. **out** (*dehors*) précise le mouvement des personnages de l'intérieur vers l'extérieur.
14. **To fan out :** *se déployer* (de **fan :** *éventail*).
15. **To hop :** *bondir, faire un saut.* L'ajout de l'adv. **down** permet d'indiquer le mouvement descendant de l'héroïne. À l'inverse, le verbe **hop on** signifie *monter dans, sauter sur.*
16. **To snarl :** *grogner.*
17. **To tether :** *attacher.*
18. **Protruding :** *saillant, proéminent.*

There were shouts coming from the house now and Helen moved quickly away from the dogs. The officers' torch beams[1] could be seen dancing in the darkened farmhouse and the gloomy outbuildings, searching for Raynor and his workers. As yet there was no sign of either and Helen suddenly wondered if she could be wrong. There was no concrete link between their RTA victim and this place, just Helen's conjecture and a few pieces of circumstantial[2] evidence. If she was wrong and she made Southampton CID look foolish, she would not be allowed to forget it.

Helen suddenly felt very alone in the middle of the yard, despite the attention of the dogs, so carried on towards the house. As she did so, she heard a loud thud[3]. It came from one of the buildings adjoining the house and Helen moved quickly to it now. Stepping inside, she saw that it was a vast hangar. To her surprise, it was completely empty, but the caked[4] blood on the floor revealed its significance. This was the slaughterhouse[5].

More noises. A scrambling[6] sound on the roof above. Then seconds later, a figure dropped down, hitting the floor hard. A brief yelp of pain, then the figure scrambled to his feet, running from the building and away. Helen looked out into the yard hoping that someone had spotted[7] the fugitive, but the nearest officer was over 200 feet away. She cried out to him, but she knew she had the best chance of catching the fleeing figure, so turning on her heel[8], she sprinted after him.

The chase[9] was on.

---

1. **Beam :** *rayon de lumière, faisceau lumineux.*
2. **Circumstantial :** se dit d'un faisceau de circonstances (**circumstances**) concomittantes mais qui ne constituent pas de preuves concluantes.
3. **Thud** [θʌd] **:** *bruit sourd.*
4. **To cake :** *recouvrir d'une couche épaisse et dure.*
5. **Slaughterhouse** ['slɔːtəʳhaʊs] **:** *abattoir.*

Des cris venaient maintenant de la maison et Helen s'éloigna rapidement des chiens. Dans la ferme plongée dans l'obscurité et ses sinistres annexes on pouvait voir danser les faisceaux lumineux des torches des policiers à la recherche de Raynor et de ses ouvriers. Jusqu'à présent, il n'y avait aucun signe de l'un ou des autres et Helen se demanda soudain si elle s'était trompée. Il n'y avait aucun lien concret entre la victime de l'accident de la route et cet endroit, juste la conjecture d'Helen et quelques preuves indirectes. Si elle se trompait et que par sa faute la PJ de Southampton était tournée en ridicule, on ne lui permettrait pas de l'oublier.

Au milieu de la cour, Helen se sentit soudain très seule, malgré l'attention des chiens, et s'avança donc vers la maison. En chemin, elle entendit un bruit sourd. Cela provenait de l'un des bâtiments jouxtant la maison vers lequel Helen se dirigea vite.

En faisant un pas à l'intérieur, elle vit qu'il s'agissait d'un vaste hangar. À sa grande surprise, il était complètement vide, mais le sang durci sur le sol en révélait l'usage. C'était l'abattoir.

Encore des bruits. Un bruit d'escalade sur le toit au-dessus. Puis, quelques secondes plus tard, une silhouette tomba, heurtant violemment le sol. Un bref cri de douleur, puis la silhouette se releva et s'éloigna du bâtiment en courant. Helen regarda dans la cour en espérant que quelqu'un avait repéré le fugitif, mais l'inspecteur le plus proche était à plus de 60 mètres. Elle cria pour l'appeler, mais savait qu'elle avait plus de chance d'attraper la silhouette en fuite, alors, tournant les talons, elle courut à toute vitesse après lui.

La course-poursuite commençait.

---

6. **to scramble :** *se déplacer de façon frénétique et désordonnée, généralement à quatre pattes, sur une surface accidentée.*
7. **To spot :** *repérer.*
8. **Heel :** *talon.*
9. **Chase :** *poursuite.*

19

The figure had headed straight for[1] the dense woodland that bordered the farm and Helen followed suit[2]. She was fast over the first fifty yards and ate up the distance between them, hurdling[3] packing cases and errant turkeys as she went. She knew she was getting herself in hot water[4], but she was the only one who could stop the fleeing figure and she was determined not to let him escape – instinct told her that something was very wrong at this farm.

She crashed into the woodland, scanning the darkness for her prey[5]. She had no torch and for a minute could make out nothing in the gloom. But then a sound ahead, a flash of white and she had him in her sights[6] once more. She took off, shouting a warning[7] as she did so, but she knew this was useless. Whoever it was was determined to escape and would do so by any means[8] possible.

Helen darted[9] in and out of the trees, letting the fugitive be her guide. Every time he stumbled, every time he encountered an unexpected obstacle, she gained a few seconds on him. This was one pursuit where it was better to follow than lead. She could only be a few seconds behind him now and Helen braced herself for what was to come. But as she increased her speed, her foot struck a tree root[10]. Her momentum[11] carried her forward and she hit the ground hard, jarring[12] her shoulder awkwardly. Pain coursed[13] through her, but she scrambled quickly back to her feet, determined to keep moving.

---

1. **To head straight for :** *se diriger directement vers, foncer droit sur.*
2. **To follow suit :** *en faire autant, emboîter le pas.*
3. **To hurdle** ['hɜːʳdəl] **:** *sauter par-dessus, franchir.*
4. **In hot water :** *dans de beaux draps, dans le pétrin.*
5. **Prey :** *proie.*
6. Cf. **sight :** *vue* ; **to sight :** *apercevoir, observer.*
7. **Warning :** *avertissement.*

Chapitre 19

La silhouette avait filé droit vers l'épaisse forêt qui bordait la ferme et Helen fit de même. Elle fut rapide sur les cinquante premiers mètres et engloutit la distance qui les séparait, sautant en chemin par-dessus les caisses d'emballage et les dindes errantes. Elle savait qu'elle se mettait dans le pétrin, mais elle était la seule à pouvoir arrêter le fuyard et elle était déterminée à ne pas le laisser s'échapper – son instinct lui disait que quelque chose clochait sérieusement dans cette ferme.

Elle s'engouffra dans la forêt, scrutant les ténèbres à la recherche de sa proie. Elle n'avait pas de lampe de poche et, pendant un instant, ne réussit à rien distinguer dans l'obscurité. Mais alors, un bruit devant elle, un éclair blanc, et elle l'eut de nouveau dans sa ligne de mire. Elle fonça et lui somma, en criant, de s'arrêter, mais elle savait que c'était inutile. Qui qu'il soit, il était déterminé à s'échapper et tenterait d'y parvenir par tous les moyens.

Helen s'élança entre les arbres, laissant le fugitif la guider. Chaque fois qu'il trébuchait, chaque fois qu'il rencontrait un obstacle inattendu, elle gagnait quelques secondes sur lui. Dans cette course-poursuite, il valait mieux suivre que mener. Helen était maintenant à quelques secondes derrière lui, et elle se prépara à ce qui allait arriver. Mais en accélérant sa course, son pied heurta la racine d'un arbre. Son élan la projeta en avant et elle tomba durement au sol, se cognant maladroitement l'épaule. La douleur la traversa, mais elle se releva rapidement, déterminée à continuer d'avancer.

---

8. **Means** (inv.) **:** *moyens.*
9. **To dart :** (de **dart :** *flèche, fléchette*) *foncer, se précipiter* (en courant).
10. **Root :** *racine.*
11. **Momentum :** *élan, vitesse.*
12. **Jarring :** *qui secoue, qui ébranle.*
13. **To course :** *traverser.*

A sudden crash ahead suggested the chase might not be over. Helen darted forward – she was convinced she would suddenly fall upon him, but now found herself in a small clearing[1], which appeared to be deserted.

Helen turned back. She couldn't have missed him, could she? There was no sign – or sound – of him anywhere. Scanning the thick foliage[2] the clearing, she searched for a glimpse[3] of him – the white T-shirt, hair, teeth, anything that might pick up the strong moonlight[4], but she could find nothing. Helen had the strong sense that he was hiding, biding his time[5]. She would have to move to smoke him out[6], but if she moved the wrong way, he would be free and clear.

She peered around the clearing one more time then made a decision, darting to her left. She swiftly found herself faced with an impenetrable wall of thorns however, so changed her mind, spinning around[7] to head in the opposite direction. As she did so, something hard and thick crashed into her stomach. She rocked[8] backwards, crumpling to the floor. Looking up she saw Raynor above her, raising his heavy branch once more. Suddenly it was flying towards her. Helen tried to roll away, but the branch caught her on the collarbone[9] and she cried out in pain. Raynor now raised it for a third time, determined to end the fight, but as he did so, Helen lashed out[10]. Acting on instinct, she kicked[11] sharply upwards, catching her aggressor squarely[12] between the legs.

---

1. **Clearing :** *clairière.*
2. **Foliage** ['fəʊliːdʒ] **:** *feuillage.*
3. **Glimpse :** *aperçu.*
4. **Moonlight :** *clair de lune.*
5. **To bide your time :** *attendre son heure, prendre son temps.*
6. **To smoke someone out :** *débusquer, démasquer.*

Un brusque fracas devant elle lui indiqua que la course-poursuite n'était peut-être pas terminée. Helen se précipita en avant, convaincue qu'elle tomberait tout à coup sur lui, mais elle se retrouva alors dans une petite clairière, qui semblait déserte.

Helen se retourna. C'était impossible qu'elle l'ait manqué, si ? Il n'y avait aucun signe – ou bruit – de lui nulle part. Balayant du regard l'épais feuillage qui entourait la clairière, elle chercha à l'apercevoir – le T-shirt blanc, les cheveux, les dents, tout ce qui pouvait accrocher le fort clair de lune, mais sans succès. Helen avait la forte impression qu'il se cachait, attendant le moment propice. Il lui faudrait bouger pour le débusquer, mais si elle se trompait de chemin, il aurait la voie libre.

Elle scruta la clairière encore une fois et prit une décision, fonçant vers sa gauche. Mais, se retrouvant rapidement face à un mur d'épines impénétrable, elle changea d'avis et fit demi-tour pour se diriger dans la direction opposée. Ce faisant, quelque chose de dur et d'épais la frappa à l'estomac. Elle bascula en arrière, s'écroulant sur le sol. Levant les yeux, elle vit Raynor au-dessus d'elle qui levait une fois de plus sa lourde branche. Soudain, celle-ci s'abattit sur elle. Helen essaya de rouler sur le côté pour y échapper, mais la branche l'atteignit à la clavicule et elle hurla de douleur. Raynor la leva une troisième fois, déterminé à mettre fin au combat, mais tandis qu'il le faisait, Helen contre-attaqua. Agissant impulsivement, elle donna brusquement un coup de pied vers le haut, frappant son agresseur directement entre les jambes.

---

7. **To spin around :** *se retourner.*
8. **To rock :** *ébranler, balancer.*
9. **Collarbone :** *clavicule.*
10. **To lash out :** *se déchaîner contre, attaquer.*
11. **To kick :** *donner un coup de pied, frapper avec le pied.*
12. **Squarely :** *carrément, directement.*

There was a strangled yelp, then Raynor fell to the ground, dropping his weapon in the process. Helen was quickly on her feet, pulling her cuffs[1] from her belt. Her quick thinking had saved her from serious injury – it was not a move you'd find in any of the police manuals, but it was highly effective[2].

The fight was over[3].

1. **Cuffs :** abr. courante de **handcuffs :** *menottes* (de **cuff :** *manche*).
2. **Effective = successful.**
3. **To be over = to be finished.**

Il y eut un cri étranglé, puis Raynor tomba au sol, laissant tomber son arme dans le même temps. Helen se remit rapidement debout, retirant ses menottes de sa ceinture. Sa réactivité lui avait évité une blessure grave – ce n'était pas une tactique indiquée dans un quelconque manuel de police, mais c'était très efficace.

Le combat était terminé.

20

The yard was full of bodies when Helen finally reappeared. CID officers were tending to[1] a crowd of farm workers, who were huddled[2] together under tatty blankets. There were already a dozen present and more were now emerging from the gloomy outbuildings. They looked dazed[3], confused and scared.

Whittaker was already on his way over to her and Helen handed Raynor over to him without comment. The limping, bedraggled[4] farm owner made no protest and was led away, Whittaker arrowing an angry look at Helen, as he took custody of[5] the prisoner. Helen stared back at him, refusing to be cowed[6]. She was sure Raynor had questions to answer and, thanks to her, he could now be called to account[7].

Helen's eyes now fell on the poor souls making their way out of the ramshackle[8] barns that flanked the farmyard. Heading in their direction, Helen noted that none of them were wearing shoes, despite the roughness[9] of the ground and the freezing night temperatures. It was a horrible sight, like an image from a darker time, the emaciated, bare-footed men shuffling[10] along in single file. Skirting[11] round them, Helen ducked[12] into one of the buildings, keen to find out what conditions these men had been kept in.

---

1. **To tend to :** *s'occuper de.*
2. **Huddled :** *agglutiné, recroquevillé.*
3. **Dazed :** *abasourdi, hébété.*
4. **Bedraggled :** *débraillé.*
5. **To take custody of :** *prendre en charge, prendre la garde.*
6. **To cow = to intimidate.**

Chapitre 20

La cour était remplie de gens lorsque enfin Helen réapparut. Les inspecteurs de la PJ s'occupaient d'une foule d'ouvriers agricoles, qui se serraient les uns contre les autres sous des couvertures miteuses. Une douzaine de personnes étaient déjà présentes et d'autres émergeaient maintenant des sinistres annexes. Ils avaient l'air hébétés, désorientés et effrayés.

Whittaker se dirigeait déjà vers elle et Helen lui remit Raynor sans commentaire. Le propriétaire de la ferme, dépenaillé et boiteux, ne protesta pas et fut emmené plus loin, Whittaker décocha à Helen un regard furieux en prenant en charge le prisonnier. Helen le regarda dans les yeux, refusant de se laisser intimider. Elle était sûre que Raynor devait donner des explications, et grâce à elle, on pouvait maintenant lui demander de rendre des comptes.

Les yeux d'Helen se posèrent alors sur les pauvres âmes qui se frayaient un chemin hors des granges délabrées bordant la cour de ferme. Se dirigeant vers eux, Helen remarqua que personne ne portait de chaussures, malgré la rugosité du sol et la température glaciale de la nuit. C'était une vision affreuse, comme l'image d'une époque plus sombre, les hommes pieds nus, décharnés, avançant d'un pas traînant en file indienne. En les contournant, Helen se faufila dans l'un des bâtiments, désireuse de découvrir dans quelles conditions ces hommes avaient été maintenus.

---

7. Cf. **to account :** *expliquer, répondre de.*
8. **Ramshackle :** *délabré, en piteux état.*
9. **Roughness :** *rugosité, rudesse* ; **rough** [rʌf] **:** *rugueux, rêche.*
10. **To shuffle :** *traîner des pieds.*
11. **To skirt :** *border, longer.*
12. **To duck :** *esquiver, plonger.*

She soon had her answer. In the main barn, a large trapdoor[1] had been heaved open. CID officers stood at its fringes[2] firing torches down into the gloom, as the last of the farm workers were pulled blinking[3] into the light. Helen made her way to the lip of the hole and looked down. The smell hit her first – rich[4], faecal, sickening. Then her eyes became accustomed to the gloom and she saw how terribly cramped[5] the small space was. There was room for six or seven people at the most, but nearly three times that number had obviously been kept down here. There were chains on the wall, all of which had now been severed[6] by bolt cutters and the floor was smeared with human waste[7]. In amongst the dirt and ordure, Helen noticed farm scraps[8]. It took Helen's breath away[9] that men should be kept in conditions like this in the twentieth century – imprisoned in darkness, wallowing[10] in their own filth[11], fed with potato peelings[12]. It made her blood boil[13] and she suddenly wished she had given Raynor a bigger beating. There was no question he deserved it.

Helen walked back to the van, her heart in her boots[14]. People never failed to surprise her with their cruelty and malevolence[15], but even so the callousness[16] here was staggering[17]. The festive season was upon them – a time of goodwill[18] to all men – but that was far from evident here. At Manor Farm, the turkeys might have been free range[19], but the workers certainly weren't.

---

1. **Trapdoor :** *trappe.*
2. **Fringe :** *bordure.*
3. Cf. **to blink :** *cligner des yeux.*
4. **Rich :** (pour une odeur) *intense, prononcé, puissant.*
5. **Cramped :** *exigu, serré.*
6. **To sever :** *sectionner, couper.*
7. **Waste** (inv.) **:** *déchets, ordures.*
8. **Scrap :** *déchet.*
9. **To take your breath away :** *couper le souffle.*
10. **To wallow :** *nager dans, se vautrer.*
11. **Filth :** *saleté, crasse.*
12. **Peelings :** *épluchures, pelures.*

Elle eut rapidement sa réponse. Dans la grange principale, une grande trappe avait été soulevée. Les inspecteurs de la PJ se tenaient sur les bords et pointaient leurs lampes torches dans la pénombre, tandis que les derniers ouvriers agricoles étaient extirpés vers la lumière en plissant les yeux. Helen se fraya un chemin vers le bord du trou et regarda en bas. L'odeur la saisit en premier – puissante, fécale, répugnante. Ses yeux s'habituèrent ensuite à la pénombre et elle vit à quel point l'espace était exigu. Il y avait de la place pour six ou sept personnes tout au plus mais, manifestement, près de trois fois plus y avaient été enfermés. Il y avait des chaînes au mur, qui avaient toutes été brisées par des coupe-boulons, et le sol était couvert de déchets humains. Au milieu de la saleté et des excréments, Helen remarqua des déchets de ferme. Helen eut le souffle coupé à l'idée que des hommes puissent être maintenus dans de telles conditions au XXe siècle – emprisonnés dans l'obscurité, baignant dans leur propre crasse, nourris d'épluchures de pommes de terre. Cela la faisait bouillir de rage et elle regretta soudain de ne pas avoir donné à Raynor une plus grosse raclée. Nul doute qu'il le méritait.

Helen retourna à la camionnette, le moral dans les chaussettes. La cruauté et la malveillance des gens ne manquaient jamais de la surprendre, mais cette fois, l'inhumanité était sidérante. La date des fêtes approchait – une période de bienveillance pour tous – mais c'était loin d'être le cas ici. À Manor Farm, les dindes pouvaient peut-être s'ébattre en liberté, mais certainement pas les travailleurs.

---

13. **To boil :** *bouillir.*
14. M. à m. « son cœur dans ses bottes ».
15. **Malevolence :** *malveillance.*
16. **Callousness** ['kæləsnəs] **:** *cruauté, insensibilité.*
17. **Staggering :** *stupéfiant, sidérant.*
18. **Goodwill :** *bonne volonté, gentillesse.* La formule **goodwill to all men**, tirée du récit biblique de la naissance du Christ, s'utilise à toutes les sauces dans les pays anglophones à l'époque de Noël (cartes de vœux, publicités, etc.)
19. **free range :** (élevé) *en plein air.*

21

St Mary's Health Centre was a thirty-minute drive away and Helen headed straight there, despite the late hour. She knew she should go to bed, try and grab some shuteye[1] before a long day shifting[2] cones, but she had questions that needed answering. Questions about Addisu Tesfaye.

The farm workers were now being processed[3], those with the most serious conditions being prioritized. They were all in a bad way – some had respiratory diseases, many had festering[4] wounds[5] and all were badly dehydrated. The heroic nursing staff were pulling out all the stops[6], shocked by the state of the patients that Hampshire Police had suddenly landed on them.

Helen hung back[7], determined not to interfere, but keen to identify the person who had scrawled Addisu's name on the ground. She had to make use of the overworked interpreter's services, but through patient probing[8] she eventually found her man. He was a young man – no more than twenty-three at the most – who like Addisu had fled the civil strife in Rwanda. Unable to secure[9] asylum in Europe, he had chosen to enter illegally, paying a king's ransom[10] to be smuggled[11] into the UK.

'What happened? To Addisu?' Helen asked, then sat back, patiently waiting for the translator to put the question to the man she now learned was called Sentwali.

'He had to run. He was dying, he knew he was dying,' Sentwali eventually explained. 'But he didn't want to die there … in that hole[12].'

---

1. **Shuteye :** *petit somme, dormir.*
2. Cf. **to shift :** *déplacer, décaler.*
3. **To process :** *traiter, gérer.*
4. Cf. **to fester :** *suppurer.*
5. **Wound :** *blessure, plaie.*
6. **To pull out all the stops = to do everything possible.**
7. **To hang back :** *rester en retrait, rester en arrière.*
8. **Probing** (subst.) **:** *investigations, questions* ; (adj.) *inquisiteur.*
9. **To secure :** *obtenir, garantir.*

Chapitre 21

Le centre médical St Mary était à trente minutes de route et Helen s'y rendit directement, malgré l'heure tardive. Elle savait qu'elle ferait mieux d'aller se coucher et d'essayer de dormir un peu avant de passer une longue journée à déplacer des cônes, mais elle avait besoin qu'on réponde à ses questions. Ses questions sur Addisu Tesfaye.

On soignait à présent les ouvriers agricoles en traitant en priorité les cas les plus graves. Ils étaient tous dans un sale état : certains souffraient de maladies respiratoires, un grand nombre présentaient des plaies purulentes et tous étaient gravement déshydratés. Le personnel infirmier, héroïque, mettait tout en œuvre, choqué par l'état des patients que la police du Hampshire avait soudainement amenés chez eux.

Helen resta en retrait, déterminée à ne pas interférer, mais impatiente d'identifier la personne qui avait griffonné le prénom d'Addisu sur le sol. Elle dut faire appel aux services de l'interprète qui était débordé mais, à force de questionnements patients, elle finit par trouver l'homme qu'elle cherchait. C'était un jeune homme – à peine vingt-trois ans tout au plus – qui, comme Addisu, avait fui la guerre civile au Rwanda. Ne parvenant pas à obtenir le droit d'asile en Europe, il avait choisi d'entrer illégalement au Royaume-Uni en payant une fortune pour y être introduit clandestinement.

« Qu'est-il arrivé ? À Addisu ? » demanda Helen avant de s'asseoir, attendant patiemment que le traducteur pose la question à l'homme dont elle apprit alors qu'il s'appelait Sentwali.

« Il a dû s'enfuir. Il était mourant, il savait qu'il était mourant, finit par expliquer Sentwali. Mais il ne voulait pas mourir là… dans ce trou. »

---

10. **A king's ransom = a fortune** ; **ransom :** *rançon.*

11. **To smuggle :** *introduire clandestinement* (des hommes), *passer en contrebande* (des biens).

12. **Hole :** *trou.*

Helen nodded, just about containing her emotions. Sentwali coughed violently – like Addisu he was also suffering from tuberculosis – then gathered himself, before continuing.

'Every night, he worked away at[1] his chains. Worked at them until he could slide his hands in and out. Then one day the man turned up[2] – the man who'd sold us to the farm. He had some new workers to deliver. When he opened up the hatch[3], Addisu burst out[4], ran. The bossman was too slow to catch him, so ...'

'He set the dogs on him?'

Sentwali nodded.

'The other guy was going crazy, shouting and screaming, they wanted to stop Addisu getting away[5].'

Helen had guessed all this, but the thought still sickened her – the idea of this man, his lungs crippled[6] by tuberculosis, running desperately to escape the pursuing dogs.

'What happened to him?' Sentwali said suddenly.

'He died in a traffic accident. I'm very sorry.'

Sentwali nodded once more. He didn't seem surprised.

'Who was this other guy?' Helen continued. 'The one who brought you to the farm?'

She knew she was crossing the line[7] here from concern[8] to investigation, but as Whittaker was currently holed up[9] at the station with Raynor, she'd decided to chance her arm[10].

'Was he British? Or Rwandan?'

'British. You have to pay the "agents" in Rwanda, but they don't run it. The man who brought us in was like you.'

'Can you remember his name?'

---

1. **To work away at : to work at** signifie *travailler à, s'efforcer de* ; l'adv. **away**, tel qu'il est employé ici, ajoute une notion d'acharnement.
2. **To turn up :** *venir, réapparaître.*
3. **Hatch :** *trappe.*
4. **To burst out :** *surgir, jaillir, bondir.*
5. **To get away :** *s'enfuir.*
6. **Crippled :** *infirme, paralysé, endommagé.*
7. **To cross the line :** dépasser les limites.

Helen hocha la tête, contenant à peine son émotion. Sentwali toussa violemment – comme Addisu, il souffrait lui aussi de la tuberculose – puis il se ressaisit, avant de poursuivre.

« Chaque nuit, il essayait de se dégager de ses chaînes. Il a essayé jusqu'à ce qu'il arrive à faire coulisser ses mains dans les deux sens. Puis un jour, l'homme a réapparu – celui qui nous avait vendu à la ferme. Il avait des nouveaux travailleurs à livrer. Quand il a ouvert la trappe, Addisu a bondi et s'est mis à courir. Le patron était trop lent pour l'attraper, alors... »

« Il a lâché les chiens sur lui ? »

Sentwali hocha la tête.

« L'autre type devenait fou, il criait et hurlait, ils voulaient empêcher Addisu de s'enfuir. »

Helen avait deviné tout cela, mais cette pensée la révulsait toujours – l'idée de cet homme, les poumons fragilisés par la tuberculose, courant désespérément pour échapper aux chiens qui le pourchassaient.

« Que lui est-il arrivé ? » demanda soudainement Sentwali.

« Il est mort dans un accident de la route. Je suis vraiment désolée. »

Sentwali hocha de nouveau la tête. Il n'avait pas l'air surpris.

« Qui était l'autre type ? continua Helen. Celui qui vous a amenés à la ferme ? »

Elle savait qu'elle dépassait la limite séparant la sollicitude de l'investigation, mais comme Whittaker était actuellement retenu au poste avec Raynor, elle avait décidé de tenter le coup.

« Était-il britannique ? Ou rwandais ? »

« Britannique. Au Rwanda, il faut payer les "agents", mais ce ne sont pas eux qui dirigent. L'homme qui nous a fait passer était comme vous. »

« Vous vous souvenez de son nom ? »

---

8. **Concern :** *souci, inquiétude ; intérêt.*
9. **To hole up :** *se terrer, se planquer.*
10. **To chance one's arm** (expr.) **:** *tenter le coup, risquer le coup.*

Sentwali shook his head.

'What did he look like?'

'I barely saw him. We were hidden under boxes in the back of his van. I heard his voice, but I was scared to peek out[1]. When I did all I could see was the back of his head. He had black hair I think, but ...'

'Anything else? Can you remember if he spoke to anyone? What he was wearing? Did you stop anywhere on your way[2] to the farm?'

Sentwali looked sadly back at her, he clearly wanted to help but couldn't.

'The only thing I remember is that he had a St Christopher[3] hanging from[4] the mirror. I saw it when I looked out.'

'The patron saint of travellers[5],' Helen replied, angered by the irony.

'I prayed[6] to him,' Sentwali said. 'I prayed to him over and over again[7]. But what good did it do me?[8]'

Helen wanted to respond[9], to tell him that all would be fine, but she knew she couldn't. As with everything else in this case there were still more questions than answers.

---

1. **To peek out :** *jeter un coup d'œil dehors.*
2. **On your way :** *en chemin, en route.*
3. Saint Christophe.
4. **To hang from :** *accrocher à, suspendre à.*
5. **Traveller** (GB), **traveler** (US) : *voyageur.*

Sentwali secoua la tête.

« À quoi ressemblait-il ? »

« Je l'ai à peine vu. Nous étions cachés sous des cartons à l'arrière de sa camionnette. J'ai entendu sa voix, mais j'avais peur de jeter un coup d'œil. Quand je l'ai fait, tout ce que j'ai réussi à voir, c'était l'arrière de sa tête. Il avait des cheveux noirs, je crois, mais... »

« Quelque chose d'autre ? Vous rappelez-vous s'il a parlé à quelqu'un ? Ce qu'il portait ? Vous êtes-vous arrêtés quelque part sur le chemin de la ferme ? »

Sentwali la regardait tristement, à l'évidence il voulait l'aider mais ne pouvait pas.

« La seule chose dont je me souvienne, c'est qu'il avait un saint Christophe suspendu au rétroviseur. Je l'ai vu quand j'ai regardé dehors. »

« Le saint patron des voyageurs », répondit Helen, outrée par l'ironie de la chose.

« Je l'ai imploré, dit Sentwali. Je l'ai supplié encore et encore. Mais à quoi bon ? »

Helen voulait répondre, lui dire que tout irait bien, mais elle savait qu'elle ne pouvait pas. Comme pour tout le reste dans cette affaire, il y avait toujours plus de questions que de réponses.

---

6. **To pray :** (sens religieux) *prier* ; **to pray to :** *adresser des prières à.*
7. **Over and over again :** *sans cesse, encore et encore.*
8. M. à m. « quel bien cela m'a-t-il fait ? »
9. **To respond :** *répondre, réagir.*

'Who is he?'

Gary Raynor cast his eyes up to the ceiling[1], determined to avoid[2] answering Whittaker's question. The pair had been at it for a couple of[3] hours already and so far[4] the truculent[5] farm owner had refused to cooperate, insisting that he was a law-abiding[6] citizen who had been unlawfully[7] assaulted[8] by a police officer.

Helen had a bird's-eye view[9] of proceedings. Having left the health centre, she'd headed straight for Southampton Central, having given up on getting any sleep tonight. The CID officers had been cool[10] in their welcome and begrudging[11] in their praise[12] of her actions – she had bagged[13] the man they were supposed to bring in – but they nevertheless allowed her to watch Raynor's interview through the two-way mirror. Helen was happy to[14] accept this as their acknowledgement[15] of her contribution to the case.

'We can do this all day,' Whittaker continued, eyeballing[16] the taciturn Raynor. 'And the next day. And the one after that if you want.'

'I'll be out of here before that.'

'You think so? We've got you on charges[17] of kidnap, unlawful imprisonment, attempted murder —'

'Fuck off!'

'Well what do *you* call setting the dogs on someone? Chasing them to their death.'

---

1. **Ceiling** ['siːlɪŋ] : *plafond.*
2. **To avoid :** *éviter, se soustraire à.*
3. **A couple of :** *deux.*
4. **So far :** *pour l'instant, jusqu'à présent.*
5. **Truculent :** *agressif.*
6. **Law-abiding :** *respectueux de la loi* ; **to abide :** *respecter.*
7. **Unlawfully :** *illégalement.*
8. **To assault :** *attaquer, agresser, violenter.*
9. **Bird's-eye view :** *vue d'ensemble, vue plongeante.*

Chapitre 22

« Qui est-ce ? »

Gary Raynor leva les yeux vers le plafond, déterminé à refuser de répondre à la question de Whittaker. Cela faisait déjà deux heures qu'ils étaient là tous les deux et, pour l'instant, le propriétaire de la ferme était agressif et refusait de coopérer, insistant sur le fait qu'il était un citoyen respectueux de la loi qui avait été violenté de façon illégale par un policier.

Helen avait une vue d'ensemble sur la procédure. Après avoir quitté le centre médical, elle s'était dirigée directement vers Southampton Central, ayant renoncé à toute possibilité de dormir cette nuit-là. Les inspecteurs de la PJ l'avaient accueillie froidement et c'est à contrecœur qu'ils faisaient son éloge – elle avait attrapé l'homme qu'ils étaient censés arrêter – mais ils l'autorisèrent toutefois à observer l'interrogatoire de Raynor à travers le miroir sans tain. Helen accepta la proposition et voulut y voir le signe de leur reconnaissance pour sa contribution à l'affaire.

« On peut faire ça toute la journée, poursuivit Whittaker en fixant du regard Raynor, qui était taciturne. Et le jour suivant. Et encore celui d'après si vous voulez. »

« Je serai parti d'ici bien avant. »

« Vous croyez ça ? On vous tient pour des faits de kidnapping, séquestration, tentative de meurtre… »

« C'est des conneries ! »

« Eh bien, comment appelez-vous le fait de lâcher les chiens sur quelqu'un ? de le poursuivre jusqu'à la mort ? »

---

10. **Cool :** (ici) *réservé, sans enthousiasme.*
11. **To begrudge :** *rechigner, donner à contrecœur.*
12. **Praise :** *louange, éloge.*
13. **To bag :** *prendre, attraper.*
14. **Happy to do :** *bien vouloir, être disposé à.*
15. **Acknowledgment** [æk'nɒlɪdʒmənt] **:** *reconnaissance.*
16. **To eyeball :** *fixer du regard, observer.*
17. **Charge :** dans un cadre juridique, *charge, accusation.*

This seemed to silence Raynor, so Whittaker followed up his advantage.

'Maybe we'll even throw in a couple of animal cruelty charges. British juries hate that.'

Raynor turned away[1] once more, but Helen could see that Whittaker's shot[2] had landed.

'You're looking at a long, custodial sentence[3]. But here's the thing. It's not you I'm after.'

A slight pause, then Raynor resumed eye contact.

'You're just the end user[4]. I want the supplier[5].'

Raynor didn't look away. Helen sensed he was weighing up[6] his options.

'We know these men were not the only illegals brought in. They were part of a bigger group. So I want to know who you bought them from. I want to know where, when, how much, how often you've used him.'

Helen watched Whittaker lean forward[7], engaging Raynor at close quarters[8].

'I want to know everything,' Whittaker concluded quietly.

There was a long pause as Whittaker waited for a response. Helen watched intently[9] as a change seemed to steal over Raynor. He seemed less assured[10], less certain now.

'Look, mate, I'd love to help you, but I can't,' Raynor eventually stuttered[11].

'Course you can. Way I see it, you don't have much choice.'

'Maybe I'll take my chances[12].'

---

1. **To turn away :** *détourner le regard.*
2. **Shot :** *tir, coup, tentative.*
3. **Custodial sentence :** *peine de prison.*
4. **End user :** *utilisateur final.*
5. **Supplier :** *fournisseur.*
6. **To weigh up :** *comparer, considérer, peser.*
7. **To lean forward :** *se pencher en avant.*
8. **At close quarters :** *tout près, à proximité.*

Cela sembla faire taire Raynor, alors Whittaker poursuivit sur sa lancée :

« Peut-être qu'on ajoutera même quelques accusations de cruauté envers les animaux. Les jurys britanniques détestent ça. »

Raynor détourna le regard une fois de plus, mais Helen sentit que la tentative de Whittaker avait touché sa cible.

« Vous risquez une longue peine de prison. Mais, en fait, ce n'est pas après vous que j'en ai. »

Une légère pause, puis Raynor reprit le contact visuel.

« Vous n'êtes que l'utilisateur final. Je veux le fournisseur. »

Raynor ne détourna pas le regard. Helen sentit qu'il soupesait ce qui s'offrait à lui.

« Nous savons que ces hommes n'étaient pas les seuls clandestins qui ont été amenés. Ils faisaient partie d'un plus grand groupe. Donc je veux savoir à qui vous les avez achetés. Je veux savoir où, quand, à quel prix, et combien de fois vous êtes passé par lui. »

Helen observa Whittaker se pencher en avant, fixant Raynor de très près.

« Je veux tout savoir », conclut calmement Whittaker.

Il y eut une longue pause pendant laquelle Whittaker attendit une réponse. Helen regarda attentivement tandis qu'un changement semblait s'emparer de Raynor. Il semblait moins sûr de lui, moins confiant maintenant.

« Écoute, mon vieux, j'aimerais bien t'aider, mais je ne peux pas », finit par bredouiller Raynor.

« Bien sûr que tu peux. D'après ce que je vois, tu n'as pas vraiment le choix. »

« Peut-être bien que je vais tenter ma chance. »

---

9. **Intently :** (regarder ou écouter) *avec une attention intense, concentrée et soutenue.*

10. **Assured :** *assuré, sûr de soi.*

11. **To stutter :** *bégayer, bredouiller.*

12. **To take one's chances :** *tenter sa chance, se risquer.*

'And spend the next ten years behind bars? Who's going to look after the farm? Be a shame[1] to let the homestead[2] go to rack and ruin[3]? How long has it been in the family? Three generations ...?'

Raynor shrugged.

'And what about your little boy? I know he doesn't live with you, but do you think he'd like to see his dad in the slammer[4]?'

Raynor dropped[5] his eyes to the floor, shamed by the thought. Whittaker rose a notch[6] in Helen's estimation[7]. His tactics weren't subtle, but they were effective.

'I don't want that, you know I don't want that ... but I can't risk it,' Raynor answered suddenly.

'Because you'd be in danger?'

'Because I'd be in danger, my boy.'

'We can protect you.'

Raynor just shook his head, dismissing[8] the notion instantly.

'You think he doesn't have people in here? You think he wouldn't get to me before you could bring him in?'

'That's bullshit[9].'

'Oh you can guarantee that, can you?'

'Yes, you have my word.'

'Well, I'm sorry but that's not good enough. Charge[10] me if you want to.'

Raynor fixed Whittaker with a steely glare[11].

'But I ain't[12] saying another word.'

---

1. **Shame :** *honte, dommage.*
2. **Homestead** ['həʊmsted] **:** *propriété, maison.*
3. **To go to rack and ruin :** *tomber en ruine.*
4. **Slammer** (argot) **:** *taule.*
5. **To drop :** *faire tomber, baisser.*
6. **Notch :** *cran, entaille.*
7. **Estimation :** *avis, estime, évaluation.*
8. **To dismiss :** *rejeter, écarter.*

« Et passer les dix prochaines années derrière les barreaux ? Qui va s'occuper de la ferme ? Ce serait dommage de laisser la propriété tomber en ruine. Depuis combien de temps c'est dans la famille ? Trois générations... ? »

Raynor haussa les épaules.

« Et votre petit garçon alors ? Je sais qu'il ne vit pas avec vous, mais vous croyez qu'il aimerait voir son père en taule ? »

Raynor baissa les yeux vers le sol, honteux à cette idée. Whittaker monta d'un cran dans l'estime d'Helen. Ses tactiques n'étaient pas subtiles, mais elles étaient efficaces.

« Ce n'est pas ce que je veux, vous le savez... mais je ne peux pas prendre le risque », répondit tout à coup Raynor.

« Parce que vous seriez en danger ? »

« Parce que je serais en danger, mon pote. »

« Nous pouvons vous protéger. »

Raynor se contenta de secouer la tête, rejetant instantanément l'idée.

« Vous croyez qu'il n'a personne ici. Vous croyez qu'il ne m'atteindrait pas avant que vous ne puissiez l'arrêter ? »

« C'est des conneries. »

« Ah, vous pouvez le garantir, c'est ça ? »

« Oui, vous avez ma parole. »

« Eh bien, je suis désolé mais ça ne suffit pas. Inculpez-moi si ça vous chante. »

Raynor fixa Whittaker d'un regard d'acier.

« Mais je ne dirai pas un mot de plus. »

---

9. **Bullshit** (fam.) **:** *n'importe quoi.*

10. **To charge :** *inculper.*

11. **Glare :** *regard noir, regard furieux.*

12. **Ain't** : contraction populaire équivalente de **am not**, **aren't** ou **isn't** ; cette forme n'est généralement utilisée que par les gens illettrés ou de basse condition sociale.

23

'Do you think he's genuine[1]?'

Helen was surprised by the bluntness[2] of Whittaker's question – and the fact that he was asking her opinion. They were walking down the steps towards the bike park. Helen had assumed he was gently ushering[3] her from the station, away from his patch[4], but now she wasn't so sure.

'Yes, I do,' Helen agreed after some reflection.

Whittaker nodded, but said nothing.

'How long will you keep him in for?' Helen eventually continued.

'Another day or so. We'll call his ex, let her know what's going on, see if we can get her and the boy down here.'

Helen looked at him and Whittaker smiled.

'It's not pretty, but it's all in a good cause,' he went on. 'Perhaps you should try it some time?'

Helen said nothing, genuinely surprised by the invitation.

'Transport have got the bikes, but we get all the glory ...'

He turned away from her, still smiling.

'And you've certainly got the balls[5] for it.'

---

1. **Genuine :** *sincère, authentique.*
2. **Bluntness :** *franchise, franc-parler.*
3. **To usher :** *conduire, mener.*
4. **Patch :** *carré, parcelle.*
5. **Balls** (fam.) **:** *couilles, cran.*

Chapitre 23

« Pensez-vous qu'il est sincère ? »

Helen fut surprise par la franchise de la question de Whittaker – et par le fait qu'il lui demande son avis. Ils descendaient les escaliers vers le parking à motos. Helen avait supposé qu'il la conduisait hors du poste de police avec ménagement, loin de son secteur, mais maintenant elle n'en était plus si sûre.

« Oui, je le pense », convint Helen après réflexion.

Whittaker hocha la tête, mais ne dit rien.

« Combien de temps allez-vous le garder ? » finit par poursuivre Helen.

« Encore un jour ou deux. Nous allons appeler son ex, la mettre au courant de ce qui se passe, voir si nous pouvons la faire venir ici avec leur fils. »

Helen le regarda et Whittaker sourit.

« Ce n'est pas reluisant, mais c'est pour la bonne cause, poursuivit-il. Peut-être devriez-vous essayer un jour ? »

Helen ne dit rien, sincèrement surprise par l'invitation.

« Les transports ont les motos, mais nous récoltons toute la gloire... »

Il se détourna d'elle, toujours souriant.

« Et vous avez certainement le cran qu'il faut. »

24

Helen's head was spinning[1] following her discussion with Whittaker, but she turned up to work on time nevertheless. She knew she couldn't risk any further run-ins[2] with McBain – not whilst she was still a probationary[3] officer. Her boss was graceless[4] as usual, pointedly[5] commenting on her appearance. He had a point[6] – she hadn't had a minute's sleep and looked terrible – but she was still infuriated[7] that he'd done it in front of the entire team.

She set out for cone duty in bad humour[8] and as the hours passed directing traffic her mood barely improved. She was angry with McBain and frustrated with their lack of progress in Addisu's case. An illegal immigrant he may have been, but he was still a human being. He had taken great risks and presumably paid large sums to come here, driven here by the awful violence in his home country. And what had been his welcome? He had been abused, beaten and imprisoned. And when he had dared to resist he had been chased to his death. There was no dressing it up[9]. A human had been hunted down like an animal and it made Helen's blood boil.

Time crawled[10] by. Her partner tried to engage her in conversation, but she wasn't in the mood for small talk. In fact, she could feel a darkness creeping over[11] her that scared her. She had had episodes[12] like this before which had led to bouts[13] of self-harm[14], to extended periods in hospital, but she had managed

1. **Spinning :** p. présent de **to spin :** *tourner très rapidement.*
2. **Run-in :** *prise de bec, querelle.*
3. **Probationary :** *probatoire, d'essai.*
4. **Graceless :** *inélégant, fruste.*
5. **Pointedly :** *de manière appuyée, ostensiblement.*
6. **To have a point :** *avoir raison, ne pas avoir tort.*
7. **Infuriated = furious, enraged.**
8. **Humour** (UK), **humor** (US) **:** *humeur.*

Chapitre 24

Helen avait la tête qui tournait à la suite de sa discussion avec Whittaker, mais elle arriva néanmoins au travail à l'heure. Elle savait qu'elle ne pouvait pas prendre le risque d'avoir d'autres prises de bec avec McBain – pas tant qu'elle était encore en période d'essai. Son patron fut aussi impoli que d'habitude, lui faisant avec insistance des remarques sur son apparence. Il avait raison – elle n'avait pas pu dormir une minute et avait une sale tête – mais elle était quand même furieuse qu'il l'ait fait devant toute l'équipe.

Elle se mit à installer les cônes de mauvaise grâce et, au fil des heures passées à diriger le trafic, son humeur s'améliora à peine. Elle était en colère contre McBain et frustrée par le manque d'avancées dans l'affaire Addisu. Certes, c'était un immigrant clandestin, mais c'était tout de même un être humain. Il avait pris de grands risques et probablement payé de grosses sommes pour ce voyage, poussé jusqu'ici par l'affreuse violence dans son pays d'origine. Et quel accueil avait-il reçu ? Il avait été maltraité, battu et enfermé. Et quand il avait osé résister, on l'avait pourchassé jusqu'à la mort. Il n'y avait pas de façon d'arranger l'histoire. Un être humain avait été traqué comme un animal et cela faisait bouillir de rage Helen.

Le temps passa lentement. Son équipier essaya d'engager la conversation avec elle, mais elle n'était pas d'humeur à bavarder. En réalité, elle sentait s'insinuer en elle une noirceur qui l'effrayait. Elle avait déjà connu des épisodes de ce genre, qui l'avaient conduite à des accès d'automutilation et à passer de longues périodes à l'hôpital, mais elle avait réussi

---

9. **To dress up :** *arranger, rendre beau.*
10. **To crawl :** *ramper, passer lentement, avancer au ralenti.*
11. **To creep over :** *envahir, s'insinuer.*
12. **Episode :** *crise, épisode.*
13. **Bout :** *accès, poussée.*
14. **Self-harm :** *automutilation.*

to avoid these of late. Things had been going her way for a change, she was making a success of things, she had managed to run from the horrific memories that frequently reared up[1] – memories of her sister, of the girls at Grove Street Care Home ...

Helen forced her mind back on to Addisu. If she could focus[2] on him, on trying to gain justice for this poor man, then maybe she could keep herself on track[3]. And as Helen ran over the details of his death again, a thought suddenly occurred[4] to her. Swiftly she pulled her radio from her shoulder and radioed a message through to Rosemary.

The rest of her shift passed even more slowly than usual, Helen's impatience to get to the Records Office mounting with every passing[5] second. But eventually she found herself there and the reliable[6] Rosemary was waiting for her, a slim file clutched[7] in her hand.

'I went back through our files and we *did* have a similar RTA about eight months ago. It was on the hard shoulder[8] of the M27[9]. An unidentified male of African appearance hit by a Belgian[10] truck. As you suggested, he didn't have any ID[11] and he wasn't wearing any shoes – and none were recovered from the scene. Here are the details we've got. There's not much, I'm afraid, nobody seemed that interested as they couldn't identify him.'

Helen took the file and flicked through the scant[12] particulars. Another young man dead. Killed whilst trying to escape?

---

1. **To rear** [rɪəʳ] **up :** *se cabrer, élever.*
2. **To focus = to concentrate.**
3. **On track :** *en bonne voie.*
4. **To occur :** *apparaître, traverser l'esprit.*
5. **Passing :** *qui passe.*
6. **Reliable :** *fiable.*
7. **To clutch :** *agripper, empoigner, serrer fort.*

à les éviter ces derniers temps. Les choses allaient comme elle l'entendait pour une fois, elle réussissait ce qu'elle faisait, elle était parvenue à fuir les souvenirs terrifiants qui remontaient souvent à la surface – des souvenirs de sa sœur, des filles au foyer d'accueil de Grove Street...

Helen força son esprit à revenir sur Addisu. Si elle pouvait se concentrer sur lui, sur le fait d'essayer que justice soit rendue à ce pauvre homme, alors peut-être arriverait-elle à rester sur la bonne voie. Et tandis qu'Helen se repassait en revue les détails de sa mort, une idée lui vint soudainement à l'esprit. Rapidement, elle prit sa radio sur son épaule pour envoyer un message à Rosemary.

Le reste de son service passa encore plus lentement que d'habitude, l'impatience d'Helen de se rendre au bureau des archives augmentant à chaque seconde. Mais elle finit par s'y retrouver et la fidèle Rosemary l'attendait, un mince dossier serré dans sa main.

« J'ai de nouveau consulté nos dossiers et nous avons bien eu un accident de la route similaire il y a environ huit mois. C'était sur la bande d'arrêt d'urgence de la M27. Un homme non identifié de type africain a été heurté par un camion belge. Comme vous l'avez suggéré, il n'avait pas de carte d'identité et ne portait pas de chaussures – et aucune n'a été retrouvée sur les lieux. Voici les détails que nous avons. Il n'y a pas grand-chose, j'en ai peur, personne n'a semblé s'y intéresser car ils n'ont pas pu l'identifier. »

Helen prit le dossier et parcourut le peu de détails. Un autre jeune homme mort. Tué alors qu'il essayait de s'échapper ?

---

8. **Hard shoulder :** *bande d'arrêt d'urgence* ; **shoulder :** *épaule.*

9. La M27 est une autoroute dans le Hampshire qui relie le village de Cadnam à la ville de Portsmouth.

10. **Belgian :** *belge* ; **Belgium :** *Belgique.*

11. **ID = identification documents.**

12. **Scant :** *rare, maigre, peu de.*

Chased to his death perhaps? He was killed in a different part of the county[1], but the parallels were uncanny[2], hinting perhaps that the problem was much more widescale[3] than she had initially feared. Within minutes, she was out of the building and back on her bike.

1. **County :** *comté, département*.
2. **Uncanny** [ʌn'kænɪ] **:** *étrange*, *troublant*. Le subst. **the Uncanny**, avec une majuscule, est le terme que l'on a adopté comme traduction anglaise de la notion de « *das Unheimliche* » développée par Sigmund Freud en 1919 et traduite en français par l'*inquiétante étrangeté*. Il s'agit d'un sentiment d'inquiétude inexplicable qui met à distance du réel.
3. **Widescale** ['waɪdskəɪl] **:** *vaste, à grande échelle*.

Poursuivi jusqu'à la mort peut-être ? Il avait été tué dans une autre partie du comté, mais les similitudes étaient troublantes, ce qui indiquait peut-être que le problème était beaucoup plus vaste que ce qu'elle avait craint au départ. En quelques minutes, elle quittait le bâtiment et reprenait sa moto.

25

Their second RTA victim had been killed on the M27 near Lower Swanwick[1]. That part of the county beyond the natural boundary[2] of the River Hamble is sparsely[3] populated, with only a scattering of houses. There was, however, a farmstead[4] about half a mile from the accident site and Helen was heading there now.

The chain link fence at the top of the farm drive was padlocked shut. There was no one in sight, the main farm buildings tucked away around a bend[5] further down the track, so Helen opted against trying to raise someone. Instead she skirted around the perimeter of the fence, searching for a means of entry. The going[6] was hard, the forest thick and unyielding, cocooning[7] the farm perfectly, but eventually she got lucky. She spotted a small tear in the fence, allowing her just enough room to wriggle through.

Helen was glad of her riding boots today. The area immediately inside the fence seemed to be littered with broken glass and rusty[8] nails. Helen crunched[9] over them, her suspicion and anger rising with each step. According to the sign on the main gate, this was a respectable business, but it felt much more like a prison.

The ground rose in front of her and Helen scrambled up the bank. She reached the top and finally gained a view of the farm below. The sight that greeted[10] her took her breath away. This was another working farm – turkeys, ducks[11] and geese[12]

---

1. **Lower Swanwick** est un village du Hampshire, localisé sur les bords de la rivière Hamble. Le pont Bursledon permet à l'autoroute A27 de traverser la rivière.
2. **Boundary :** *limite, frontière.*
3. **Sparsely :** *peu, faiblement.*
4. **Farmstead = farm.**
5. **Bend :** *tournant, virage.*

Chapitre 25

Leur deuxième victime d'accident de la route avait été tuée sur la M27 près de Lower Swanwick. Au-delà de la frontière naturelle de la rivière Hamble, cette partie du comté est faiblement peuplée, avec seulement quelques maisons éparses. Cependant, une ferme se trouvait à environ 800 mètres du lieu de l'accident, vers laquelle Helen se dirigeait maintenant.

En haut de l'allée de la ferme, la clôture grillagée était fermée par un cadenas. Il n'y avait personne en vue, les bâtiments principaux de la ferme étaient nichés dans un virage plus loin sur le sentier et Helen décida donc de ne pas signaler sa présence. Au lieu de cela, elle longea la clôture, à la recherche d'un moyen d'entrer. Le terrain était difficile, la forêt, épaisse et dense, enveloppait parfaitement la ferme, mais elle finit par avoir de la chance. Elle repéra une petite brèche dans la clôture, qui lui laissait juste assez de place pour se faufiler.

Helen était heureuse de porter ses bottes de moto aujourd'hui. La zone à l'entrée de la clôture semblait être jonchée de verre brisé et de clous rouillés. Helen marcha dessus en les écrasant, sa méfiance et sa colère augmentant à chaque pas. D'après le panneau sur la porte principale, il s'agissait d'une entreprise respectable, mais cela ressemblait davantage à une prison.

Le terrain s'élevait devant elle et Helen grimpa sur le talus. En atteignant le sommet, elle put enfin regarder la ferme en contrebas. La vision qui l'accueillit lui coupa le souffle. C'était une autre ferme en activité – des dindes, des canards et des oies

---

6. **Going :** *route, état du terrain.*
7. Cf. **to cocoon :** *envelopper, couver* ; **cocoon :** *cocon.*
8. **Rusty :** *rouillé* ; **rust :** *rouille.*
9. **To crunch :** *faire craquer, écraser.*
10. **To greet :** *accueillir.*
11. **Duck :** *canard.*
12. **Goose :** *oie* ; (plur.) **geese** [gi:s] : *oies.*

this time, the animals falling over each other. And shuffling between them, dragging the birds to slaughter[1], were dozens[2] of African men. This operation was on a much bigger scale than Manor Farm – Helen could count at least thirty workers – but the vibe[3] was the same. The men were hunched, shoeless and whenever they dallied[4] or fell, they were verbally abused and beaten.

Helen had expected the worst, but even now she felt tears prick[5] her eyes as she took in the shocking display[6] in front of her. This was modern slavery pure and simple. Turning on her heel, Helen tried to keep her voice steady[7] as she called it in.

1. **Slaughter :** *abattage, massacre.*
2. **Dozens :** *des dizaines* ; **a dozen :** *une douzaine, douze.*
3. **Vibe :** *ambiance, atmosphère.*
4. **To dally :** *traîner, lambiner.*

cette fois, les animaux se bousculant les uns contre les autres. Et parmi eux, traînant les pieds, tirant les oiseaux jusqu'à l'abattoir, se trouvaient des dizaines d'hommes africains. Cette exploitation était bien plus grande que celle de Manor Farm – Helen compta au moins trente travailleurs – mais l'atmosphère était la même. Les hommes se tenaient courbés, ils étaient pieds nus, et à chaque fois qu'ils s'attardaient ou tombaient, ils étaient insultés et battus.

Helen s'était attendue au pire, mais elle sentit quand même les larmes lui monter aux yeux en observant le spectacle choquant qui se déroulait devant elle. C'était de l'esclavage moderne pur et simple. Tournant les talons, Helen essaya de garder une voix calme tandis qu'elle donnait l'alerte.

---

5. **To prick :** *piquer.*
6. **Display :** *démonstration, étalage, spectacle.*
7. **Steady :** *stable, constant.*

26

A number of raids took place over the following[1] days. DI Whittaker seized on[2] Helen's break in the case, chasing down every suspicious[3] injury, beating or death that could potentially be linked to this spate[4] of human trafficking and enslavement[5]. Dozens of arrests were made and over 200 illegal immigrants were freed from captivity within Hampshire's borders.

They were all from East Africa and the vast majority of them required urgent medical attention. They had been kept in terrible conditions, underfed[6] and overworked[7], often sleeping without blankets in drafty[8] huts[9], despite the plummeting[10] December temperatures. Most of the freed men were confused and scared. Despite promises of good jobs in the UK, they had had their documents, cash and personal items[11] taken from them on arrival. Escape was on all of their minds, but they had had their shoes confiscated, couldn't speak the language well and most of them had no idea where they were in the country. Violent overseers and vicious dogs helped to keep them in line.

Everyone involved was shocked by the scale of the problem. What made it worse was that the workers were clearly being used to service the Christmas feeding frenzy[12]. The farms ran seasonal operations, making most of their money during the festive season – providing[13] Christmas trees for people's homes and fat birds for their tables. Their products were being sold as renewable or free range, but really they were nothing of the sort.

---

1. **Following :** *suivant* ; **to follow :** *suivre.*
2. **To seize on :** *tirer profit, s'emparer de.*
3. **Suspicious :** *suspect, douteux.*
4. **Spate :** *recrudescence, vague.*
5. **Enslavement :** *asservissement, esclavage.*
6. **Underfed :** *sous-alimenté.*
7. **Overworked :** *surmené.*
8. **Drafty :** *plein de courants d'air* ; **draft :** *courant d'air.*
9. **Hut :** *abri, cabane.*
10. Cf. **to plummet :** *chuter, s'effondrer.*

Chapitre 26

Un certain nombre de perquisitions eurent lieu les jours suivants. L'inspecteur en chef Whittaker tira profit de la percée d'Helen dans l'affaire pour traquer toutes les blessures, coups ou décès suspects qui pouvaient être liés à cette vague de trafic d'êtres humains et d'esclavage. Des dizaines d'arrestations furent effectuées et plus de 200 immigrants clandestins libérés de leur captivité sur le territoire du Hampshire.

Ils étaient tous originaires d'Afrique de l'Est et la grande majorité d'entre eux avaient besoin de soins médicaux urgents. Ils avaient été maintenus dans des conditions terribles, sous-alimentés et surmenés, dormant souvent sans couverture, malgré la chute des températures en décembre, dans des cabanes pleines de courants d'air. La plupart des hommes libérés étaient désorientés et terrorisés. Malgré les promesses d'emplois convenables au Royaume-Uni, on leur avait retiré à leur arrivée leurs papiers, leur argent et leurs objets personnels. Tous ne pensaient qu'à s'échapper mais on leur avait confisqué leurs chaussures, ils ne parlaient pas bien la langue et la plupart d'entre eux n'avaient aucune idée de l'endroit où ils se trouvaient dans le pays. Des contremaîtres violents et des chiens féroces servaient à les faire obéir.

Toutes les personnes concernées étaient choquées par l'ampleur du problème. Le pire dans tout cela, c'était que les travailleurs étaient manifestement utilisés pour répondre à la frénésie alimentaire de Noël. Les fermes fonctionnaient de manière saisonnière et réalisaient l'essentiel de leur chiffre d'affaires pendant les fêtes de fin d'année, en fournissant des sapins pour les maisons et des oiseaux gras pour les tables. Leurs produits étaient prétendument renouvelables ou élevés en plein air, mais il n'en était rien.

---

11. **Item :** *objet.*
12. **Frenzy :** *frénésie, folie.*
13. **To provide :** *fournir.*

The gullible[1] public were being conned[2], having little idea of the awful operations they were helping to produce these festive offerings.

The team was making progress[3], but still Helen was frustrated. She desperately wanted to resolve[4] this case – for Addisu, for Colin Patterson – but when she'd called the latter to update[5] him on their progress, she'd had to admit that they were no closer to resolving it. *Nobody* was willing to[6] give up the trafficker. The immigrants had dealt mostly with people in their own country and had only fleeting[7] glimpses[8] of the man who had driven them from the docks[9] to their place of 'employment'. And the shamed farm owners were remaining tight-lipped[10], despite Whittaker's best efforts. Some appeared scared, others simply replied 'No comment' to every question posed to them, determined not to incriminate[11] themselves further.

One thing had become clear, however. All the men had arrived in the UK via the same route[12]. A boat had brought them from North Africa to Cádiz[13], and thence to Southampton. It was a well-established route, with boats arriving from Cádiz once a week. Whittaker's next move was to target[14] these ships, staking out[15] Southampton docks until they unearthed[16] the perpetrator of this trade in human misery.

It was a complicated operation, the biggest the CID were currently involved in, but it was their most promising lead to date and Helen was determined to be in at[17] the death.

---

1. **Gullible :** *crédule, naïf.*
2. **To con** [kɒn] **:** *escroquer, arnaquer.*
3. **To make progress :** *avancer, progresser.*
4. **To resolve :** *résoudre.*
5. **To update :** *mettre à jour, tenir au courant.*
6. **To be willing to :** *être prêt à, être disposé à.*
7. **Fleeting :** *fugace, fugitif.*
8. **Glimpse :** *aperçu.*
9. **Dock :** *quai.*
10. **Tight-lipped :** *bouche cousue* ; **tight :** serré ; **lips :** *lèvres.*
11. **To incriminate :** *incriminer.*

Le public crédule se faisait arnaquer, n'ayant pas la moindre idée de l'affreuse exploitation à laquelle il participait pour produire ces offres de fête.

L'équipe progressait, mais Helen était toujours frustrée. Elle voulait désespérément résoudre cette affaire – pour Addisu, pour Colin Patterson – mais lorsqu'elle avait appelé ce dernier pour le tenir au courant de leurs avancées, elle avait dû admettre qu'ils n'étaient pas près du but. *Personne* n'était prêt à livrer le trafiquant. Les immigrants avaient surtout eu affaire à des gens de leur propre pays et n'avaient aperçu que brièvement l'homme qui les avait conduits des quais à leur lieu de « travail ». Et les propriétaires des fermes, couverts de honte, restaient bouche cousue, malgré tous les efforts de Whittaker. Certains paraissaient effrayés, d'autres répondaient simplement « sans commentaire » à toutes les questions qui leur étaient posées, déterminés à ne pas s'incriminer davantage.

Cependant, une chose ressortait clairement. Tous les hommes étaient arrivés au Royaume-Uni par le même itinéraire. Un bateau les avait amenés d'Afrique du Nord à Cadix, puis à Southampton. C'était un itinéraire bien établi, avec des bateaux arrivant de Cadix une fois par semaine. Pour Whittaker, la prochaine étape était de cibler ces bateaux, en surveillant les quais de Southampton jusqu'à ce qu'ils découvrent le responsable de ce commerce de la misère humaine.

C'était là une opération complexe, la plus importante dans laquelle la PJ était actuellement impliquée, mais c'était leur piste la plus prometteuse à ce jour et Helen était déterminée à en être jusqu'à la fin.

---

12. **Route :** *chemin, itinéraire.*
13. L'une des plus anciennes villes d'Europe, **Cadix** est une ville portuaire en Andalousie, construite en deux parties : la ville moderne bâtie sur la terre ferme, l'ancienne, cernée de remparts, sur un rocher.
14. **To target :** *cibler.*
15. **To stake out :** *placer sous surveillance.*
16. **To unearth :** *déterrer, découvrir.*
17. **To be in at ... :** *être présent, y être* (lors d'un événement marquant).

27

'Are you deaf[1] as well as stupid?'

Helen had been expecting this, but still McBain's vehemence took her aback[2].

'Have I not made myself clear[3]? You are here to serve your rotation —'

'And I fully intend to do that,' Helen interrupted. 'All I'm asking is for a short-term, temporary secondment[4]. DI Whittaker has indicated that he's amenable[5] —'

'I don't give a fuck if the Pope has given you the thumbs-up[6]. You are *mine*, WPC Grace. My officer, serving in my unit, who I can deploy where and when I like. Your job, in case you've forgotten, is to protect the motorists of this county and to ensure the smooth[7] running – '

'This is my case, sir. I've made all the running on it —'

'Without my permission!'

'In my own time,' Helen shot back[8]. 'And you can hardly argue[9] with the results. Look at the people we've helped.'

'All of them illegals.'

'What difference does that make?'

'Are you really that obtuse, Grace? They are criminals pure and simple. So don't go hanging too much tinsel on your CV[10] just yet.'

'But if we can catch the guy – or guys – who are bringing them in ...'

---

1. **Deaf :** *sourd.*
2. **Taken aback :** *être pris de court, déconcerté, étonné.*
3. **To make yourself clear :** *se faire bien comprendre.*
4. **Secondment :** *détachement, mutation.*
5. **Amenable** [ə'mi:nəbəl] **:** *disposé à, souple.*
6. **Thumbs-up :** *approuver, faire un signe ok de la main* ; **thumb :** *le pouce.*
7. **Smooth :** *lisse, sans problème.*

Chapitre 27

« Êtes-vous sourde en plus d'être stupide ? »

Helen s'y attendait, mais la véhémence de McBain la prit tout de même de court.

« Je n'ai pas été assez clair ? Vous êtes ici pour faire votre stage... »

« Et c'est parfaitement ce que j'ai l'intention de faire, interrompit Helen. Tout ce que je demande, c'est un détachement provisoire à court terme. L'inspecteur en chef Whittaker a indiqué qu'il était disposé à... »

« Je n'en ai rien à foutre que le pape vous ait donné le feu vert. Vous êtes à *moi*, agente Grace. Mon agente, qui fait son service dans mon unité, que je peux déployer où et quand je veux. Votre boulot, au cas où vous l'auriez oublié, est de protéger les automobilistes de ce comté et d'assurer le bon fonctionnement... »

« C'est mon enquête, chef. Toutes les avancées ont été de mon fait... »

« Sans ma permission ! »

« Sur mon temps libre, répondit Helen. Et vous pouvez difficilement contester les résultats. Regardez les gens que nous avons aidés. »

« Tous des clandestins. »

« Qu'est-ce que ça change ? »

« Êtes-vous vraiment abrutie à ce point, Grace ? Ce sont purement et simplement des criminels. Alors attendez avant d'enjoliver votre CV. »

« Mais si on arrive à attraper le – ou les types – qui les font passer... »

---

8. **To shoot back :** *rétorquer.*
9. **To argue = to dispute, to quarrel.**
10. M. à m. : « n'allez pas accrocher trop de guirlandes sur votre CV ».

'And I have every confidence that DI Whittaker and his team will do so.'

Helen bit her lip, riven[1] with frustration but keen not to anger her boss further.

'What if I take annual leave[2]?'

'I won't sign it off[3].'

'On what grounds[4]?'

'On the grounds that I need you here. Christmas is our busiest time and we're short-staffed as it is. I can't have my officers going off on personal crusades[5]. It's the CID's gig[6], leave it to them.'

'Come on, sir, you must see that —'

'All I see is an unruly[7] officer who won't obey orders. This is your last warning, Grace.'

Helen stared at him, knowing what was coming.

'Do your duty or you'll be deskbound[8] for the rest of your rotation. Is that clear?'

---

1. **Riven :** (littéraire) p. passé de **to rive :** *déchirer* ; seul ce participe s'utilise encore de nos jours.
2. **Annual leave :** *congés annuels.*
3. **To sign off :** *signer, autoriser.*
4. **Ground :** *base, raison.*
5. **Crusade :** *croisade.*

« Et je ne doute pas que l'inspecteur en chef Whittaker et son équipe y arriveront. »

Helen se mordit la lèvre, écartelée entre la frustration et son désir de ne pas irriter davantage son patron.

« Et si je prends mes congés annuels ? »

« Je ne l'autoriserai pas. »

« Pour quel motif ? »

« Au motif que j'ai besoin de vous ici. Noël est notre période la plus chargée et nous manquons déjà suffisamment de personnel. Je ne peux pas laisser mes agents s'embarquer dans des croisades personnelles. C'est le boulot de la PJ, laissez-la faire. »

« Allons, chef, vous devez bien voir que… »

« Tout ce que je vois, c'est une agente indisciplinée qui refuse d'obéir aux ordres. C'est le dernier avertissement, Grace. »

Helen le regarda fixement, sachant ce qui allait suivre.

« Faites votre devoir ou vous serez assignée à votre bureau pour le reste de votre stage. C'est clair ? »

---

6. **Gig :** (fam.) *boulot.*

7. **Unruly** [ʌn'ruːlɪ] **:** *indiscipliné, ingérable.*

8. **Deskbound** ['deskbaʊnd] **:** *obligé de rester à son bureau, sédentaire* (**bound :** *lié, contraint.*)

28

Helen roared down the motorway, conspicuously[1] failing to keep to the speed limit. She was still boiling with anger and determined to be as far away from McBain as possible. Wrenching back the throttle[2], she sped down the fast lane, blue lights flashing, bullying the motorists out of her way.

There had been a pile-up near Chilworth[3] and Helen told herself she was just doing her duty in racing there now. But in reality she knew that it was her own frustration driving her on. In times of high emotion, speed had always been her friend. When she was a teenager, scared and angry, sickened by what her parents were doing to Marianne, she had lost herself[4] in motion[5], loving the feeling of the wind ripping[6] over as she rode helmetless through the streets. It was no different now. Even though she was more controlled and better protected, she still loved the feeling of the wind buffeting[7] her body as she raced over the tarmac. It was one of the few things that soothed[8] her and by far the most harmless[9].

The milometer[10] ticked over and before long she caught sight of the pile-up ahead. Her heart was beating a little slower now, the buzzing in her head receding[11], and as she calmed, she found herself slipping back[12] into work mode. However much she loathed[13] McBain, in a way he was right. There was always work to do, important work, as the crumpled cars up ahead demonstrated. There were at least five cars

1. **Conspicuously :** *visiblement, de façon évidente.*
2. **Throttle :** *accélérateur.*
3. **Chilworth :** village du Hampshire qui se trouve à proximité de Southampton.
4. **To lose yourself in :** *se perdre dans, se plonger dans.*
5. **Motion :** *mouvement.*
6. Cf. **to rip :** *déchirer.* L'auteur emploie des verbes exprimant des actions violentes pour traduire les penchants de l'héroïne pour l'automutilation.
7. **To buffet :** *battre, ballotter.*
8. **To soothe :** *apaiser, calmer.*
9. **Harmless :** *inoffensif.*

Chapitre 28

Helen roulait à toute allure sur l'autoroute, ne respectant manifestement pas la limitation de vitesse. Elle était encore bouillonnante de colère et déterminée à s'éloigner le plus possible de McBain. Appuyant brusquement sur l'accélérateur, elle s'engouffra sur la voie rapide, le gyrophare clignotant, contraignant les automobilistes à s'écarter de son chemin.

Il y avait eu un carambolage près de Chilworth et Helen se disait qu'elle ne faisait que son devoir en s'y dirigeant à toute allure. Mais en réalité, elle savait que c'était sa propre frustration qui la poussait à continuer. Dans les moments de grande émotion, la vitesse avait toujours été son amie. Lorsqu'elle était adolescente, effrayée et en colère, écœurée par ce que ses parents infligeaient à Marianne, elle s'était perdue dans le mouvement, adorant la sensation du vent qui battait contre son visage tandis qu'elle roulait sans casque dans les rues. Il n'en était pas autrement à présent. Même si elle était davantage sous contrôle et mieux protégée, elle aimait toujours la sensation du vent qui ballottait son corps lorsqu'elle roulait à toute vitesse sur le bitume. C'était l'une des rares choses qui l'apaisait et c'était de loin la plus inoffensive.

Le compteur kilométrique tournait au ralenti et bientôt, elle aperçut le carambolage devant elle. Son cœur battait un peu plus lentement maintenant, le bourdonnement dans sa tête s'atténuait et, à mesure qu'elle se calmait, elle se surprit à repasser en mode travail. Elle avait beau détester McBain, dans un sens il avait raison. Il y avait toujours du travail à faire, du travail important, comme le démontraient les voitures ratatinées devant elle. Cinq voitures au moins

---

10. **Milometer :** *compteur kilométrique.*
11. **To recede :** *reculer, s'estomper.*
12. **To slip back : to slip :** *glisser* ; **back** exprime le sens du mouvement (retour *en arrière*). Cette expression peut s'employer au propre comme au figuré.
13. **To loathe :** *détester, exécrer.*

involved in the accident, one of which was upside down[1] in the middle of the carriageway. Suddenly Helen's righteous[2] anger seemed unnecessary, even a bit ridiculous. These were people who had been heading out of town, perhaps to see relatives for Christmas and in an instant their worlds had lurched[3] sideways. Moments earlier they had been happy, carefree[4], now they might be seriously injured or worse. What right did she have to be angry? To think that she wasn't needed here?

She had already parked up her bike and was running towards the stricken[5] motorists. As she did so, she felt a surge of shame at her self-indulgence[6]. Despite everything she had been through, despite everything she'd seen and experienced, she was one of the lucky[7] ones.

She had survived.

---

1. **Upside down :** *à l'envers, la tête en bas.*
2. **Righteous** ['raɪtʃəs] **:** *justifié, droit.*
3. **To lurch :** *vaciller, faire une embardée.*
4. **Carefree :** *insouciant.*

étaient impliquées dans l'accident, dont l'une était renversée sur le toit au milieu de la chaussée. Soudain, la colère justifiée d'Helen lui sembla inutile, voire un peu ridicule. Il s'agissait de personnes qui quittaient la ville, peut-être pour voir des membres de leur famille pour Noël et, en un instant, leur monde avait basculé. Quelques instants plus tôt, ils étaient heureux, insouciants, maintenant ils étaient peut-être gravement blessés ou pire. Quel droit avait-elle d'être en colère ? De penser qu'on n'avait pas besoin d'elle ici ?

Elle avait déjà garé sa moto et courait vers les automobilistes en détresse. Ce faisant, elle ressentit une bouffée de honte face à sa complaisance. Malgré tout ce qu'elle avait traversé, tout ce qu'elle avait vu et vécu, elle faisait partie des chanceux.

Elle avait survécu.

---

5. **Stricken = hurt, harmed.**
6. **Self-indulgence :** *auto-indulgence, nombriliste.*
7. **Lucky :** *chanceux.*

Addisu's funeral[1] took place two days later, on a bitterly cold December day. Hollybrook cemetery[2] looked particularly bleak in the early morning light and Helen felt a deep sadness that this young man should receive such a depressing send-off[3]. Despite her best efforts, Helen hadn't been able to locate[4] his family back in Rwanda and most of the young men who'd accompanied him on his dangerous passage to England had already been transferred elsewhere or done a runner[5]. Few wanted to advertise[6] their connection to the dead asylum-seeker, so it fell to Helen and a couple of his fellow countrymen to mark his passing[7].

The service was short and not particularly sweet – a municipal duty – but as the coffin[8] descended into the grave, the two Rwandan men present suddenly broke into[9] song. These were not the kind of songs you'd normally hear in a Southampton – the furious rhythm and incessant clapping[10] at odds[11] with the traditional English funeral hymns – and Helen liked them all the more because of this. They were uplifting[12], celebrating the energy and drive of the young man as he used to be, not as he was now.

All too soon, however, the songs came to an end[13] and the young men drifted away, clearly keen to be away from a serving police officer. Helen watched them go, wondering where they would end up. Would they make a go of it[14]

---

1. **Funeral :** *enterrement, funérailles.*
2. **Hollybrook cemetery :** grand cimetière à Southampton datant de 1913.
3. **Send-off :** *adieux.*
4. **To locate = to find.**
5. **To do a runner :** (fam.) *se faire la malle, filer à l'anglaise.*
6. **To advertise :** *annoncer, faire de la publicité, crier sur tous les toits.*
7. **Passing :** (subst.) *décès, disparition.*
8. **Coffin :** *cercueil.*

Chapitre 29

L'enterrement d'Addisu eut lieu deux jours plus tard, un jour glacial de décembre. Le cimetière de Hollybrook était particulièrement lugubre à la lumière du petit matin et Helen ressentit une profonde tristesse à l'idée que ce jeune homme reçoive des adieux aussi déprimants. Malgré tous ses efforts, Helen n'avait pas été en mesure de retrouver sa famille au Rwanda et la plupart des jeunes hommes qui l'avaient accompagné lors de son dangereux voyage vers l'Angleterre avaient déjà été transférés ailleurs ou avaient mis les voiles. Peu d'entre eux voulaient crier sur tous les toits leur lien avec le demandeur d'asile décédé, c'était donc à Helen et à quelques-uns de ses compatriotes qu'il incombait de marquer son décès.

La cérémonie fut courte et pas particulièrement douce – une obligation municipale – mais lorsqu'on descendit le cercueil dans la tombe, les deux Rwandais présents se mirent soudainement à chanter. Ce n'était pas le genre de chansons que l'on avait l'habitude d'entendre à Southampton – leur rythme endiablé et les claquements de mains incessants étaient en décalage avec les traditionnels hymnes funéraires anglais – et Helen ne les en apprécia que davantage pour cette raison même. Elles étaient exaltantes, célébrant l'énergie et le dynamisme du jeune homme tel qu'il avait été, et non tel qu'il était à présent.

Trop vite, cependant, les chants se terminèrent et les jeunes gens s'éloignèrent, manifestement désireux de garder leurs distances avec un policier en service. Helen les regarda partir, se demandant où ils finiraient. Sauraient-ils s'en sortir

---

9. **To break into :** *se mettre à faire qqch.*
10. **Clapping :** *applaudissements.*
11. **At odds :** *en désaccord, en décalage.*
12. **Uplifting :** *inspirant, exaltant.*
13. **To come to an end :** *prendre fin, être fini.*
14. **To make a go of it :** *le réussir en dépit des risques, des obstacles.*

in their strange new home or would they fall into the hands of those who would exploit and abuse them? Helen feared[1] the latter.

She was walking away[2] from the cemetery, still lost in thought[3], when a blacked-out Rover pulled up in front of her, blocking her path[4]. The window lowered, revealing Detective Inspector Whittaker inside.

'Day off, is it?' he enquired[5] casually[6].

'McBain couldn't deny me one day,' Helen replied. 'Especially when I'm "fostering community relations".'

'So I see.' Whittaker took in her smart[7] charcoal jacket and skirt. 'Well, seeing as you're not dressed for biking and you've got time on your hands, let me give you a lift[8].'

Helen stared at him, wondering what had prompted this invitation. Perhaps sensing this Whittaker put her out of her misery[9].

'We've got a boat coming in from Cádiz.'

---

1. **To fear :** *craindre, avoir peur de.*
2. **To walk away :** *partir, s'éloigner.*
3. **Lost in thought :** *perdu dans ses pensées.*
4. **Path :** *chemin.*
5. **To enquire :** *demander, s'enquérir.*
6. **Casually :** *de façon décontractée, avec désinvolture.*

dans leur étrange nouvelle maison ou tomberaient-ils dans les mains de gens qui les exploiteraient et les abuseraient ? Helen redoutait la deuxième option.

Elle s'éloignait du cimetière, encore perdue dans ses pensées, lorsqu'une Rover noircie s'arrêta devant elle, lui bloquant le passage. La vitre s'abaissa, révélant à l'intérieur l'inspecteur en chef Whittaker.

« Votre jour de congé, c'est ça ? » demanda-t-il nonchalamment.

« McBain ne pouvait pas me refuser un jour, répondit Helen. Surtout quand "j'entretiens les relations avec les communautés". »

« C'est ce que je vois. »

Whittaker examina son blouson élégant et sa jupe anthracite. « Eh bien, puisque vous n'êtes pas habillée pour faire de la moto et que vous avez du temps à perdre, laissez-moi vous déposer. »

Helen le dévisagea, se demandant ce qui l'avait poussé à cette invitation. Comprenant peut-être cela, Whittaker ne fit pas durer le suspense.

« Nous avons un bateau en provenance de Cadix. »

---

7. **Smart :** *chic, élégant.*
8. **Lift = a ride home, a car ride.**
9. **To put someone/an animal out of his/her/its misery :** (sens propre) *abréger les souffrances de quelqu'un/d'un animal* (en le tuant) ; (ici, sens fig.) *ne pas faire attendre plus longtemps, ne pas faire durer le suspense.*

30

Whittaker filled her in on the way to the Western Docks. The Rwandan police force was overstretched and unwilling to cooperate, consumed by the growing civil unrest in their country. As a result, the British police had taken the initiative themselves, asking their contacts at the embassy to gather information. It was clear from their early investigations that many Rwandans were already fleeing the violence, journeying[1] great distances to coastal[2] countries such as Somalia and Ethiopia. From there they would either make contact with the people smugglers[3] or attempt to stow away[4] on of the cargo ships bound for[5] Europe.

'This particular ship, the *Naturo Cádiz*, journeyed to its home port[6] two weeks ago and is docking[7] in Southampton as we speak. Customs have had their suspicions about it and we know from shipping records that several containers[8] have remained on board since its departure from Africa several weeks ago. If this is the route our man is using to bring illegals in then it's a fair bet[9] that some of them are on that ship.'

'So what are you going to do now? Sit and wait?' Helen asked.

'Not much else we can do. We can't move until our man shows.'

'But if the immigrants are stowed on board[10], they will have been on there for weeks. In searing[11] temperatures, now in freezing ones.'

---

1. **To journey :** (langue écrite) *effectuer un long voyage.*
2. **Coastal :** *côtier, littoral.*
3. **Smuggler :** *passeur, trafiquant.*
4. **To stow away :** *s'embarquer clandestinement.*
5. **Bound for :** *en direction de, à destination de.*
6. **Home port :** *port d'attache.*

Chapitre 30

Whittaker la mit au courant sur le chemin vers les quais côté ouest. La police rwandaise était débordée et peu disposée à coopérer, rongée par les troubles civils qui se développaient dans son pays. Par conséquent, la police britannique avait elle-même pris l'initiative de demander à ses contacts à l'ambassade de recueillir des informations. Les premières investigations montraient clairement que de nombreux Rwandais fuyaient déjà la violence, parcourant de longues distances vers des pays côtiers comme la Somalie et l'Éthiopie. De là, soit ils s'adressaient à des passeurs, soit ils tentaient d'embarquer clandestinement sur les cargos à destination de l'Europe.

« Le navire en question, le *Naturo Cádiz*, a rejoint son port d'attache il y a deux semaines et accoste à Southampton en ce moment même. La douane avait déjà eu des soupçons à son sujet et nous savons, grâce aux registres de navigation, que plusieurs conteneurs sont restés à bord depuis son départ d'Afrique il y a plusieurs semaines. Si c'est bien cet itinéraire que notre homme utilise pour faire entrer des clandestins, il y a fort à parier que certains d'entre eux sont sur ce bateau. »

« Alors qu'allez-vous faire maintenant ? Rester là à attendre ? » demanda Helen.

« On ne peut pas faire grand-chose d'autre. Nous ne pouvons pas bouger jusqu'à ce que notre homme se montre. »

« Mais si les immigrants sont bien à bord, c'est depuis des semaines. D'abord sous des températures accablantes et maintenant glaciales. »

---

7. **To dock :** *se mettre à quai, s'amarrer.*
8. **Container :** *conteneur.*
9. **It's a fair bet :** (expr.) *il y a fort à parier que.*
10. **On board :** *à bord.*
11. **Searing :** adjectif dérivé du verbe **to sear**, *brûler, cautériser.*

'I'm well aware of that, but there's not a lot we can do. We're not on a humanitarian mission here, we need to get a result.'

Helen begged to differ[1] – to her mind policing was first and foremost[2] a humanitarian enterprise – but she said nothing. She knew that Whittaker was under pressure from above – the story of the 'epidemic' of modern slavery in Hampshire had been splashed all over the press – giving the local area and its police force a very bad name in the process. It was now a matter of civic pride to bring those responsible to book[3]. This was on Whittaker's shoulders and everyone knew it.

'Why are you doing this, sir? Letting[4] me ride along[5], I mean?' Helen said suddenly.

Whittaker considered this for a moment, then explained:

'Because contrary to what Sergeant McBain might think, I view[6] this as your case. If it wasn't for you, Addisu would still be in the police mortuary and many of his countrymen[7] would still be in Hell.'

Helen felt her cheeks flush – she was not a proud[8] person but was more than pleased with his summary[9] of the situation. It was how she felt and was glad that he understood.

'Which is why I think you should be allowed to see it through[10].'

Helen was about to respond, when the car suddenly slowed.

---

1. **To beg to differ :** m. à m. « solliciter la possibilité d'exprimer un point de vue différent » ; formule de politesse que l'on utilise pour éviter d'envenimer un désaccord.
2. **First and foremost :** *avant toute chose, en premier lieu.*
3. **To bring to book :** *rappeler qqn à l'ordre.*
4. Cf. **to let :** *laisser qqn faire qqch.*
5. **Along :** *avec.*

« J'en suis bien conscient, mais on ne peut pas y faire grand-chose. Ce n'est pas une mission humanitaire, nous devons obtenir un résultat. »

Helen n'était pas de cet avis – pour elle, le maintien de l'ordre était avant tout une entreprise humanitaire – mais elle ne dit rien. Elle savait que Whittaker subissait des pressions d'en haut – l'histoire de « l'épidémie » d'esclavage moderne dans le Hampshire avait été étalée dans toute la presse – donnant au passage une très mauvaise réputation à la région et à ses forces de police. Traduire les responsables en justice était désormais une question de fierté civique. Ce qui, comme tout le monde le savait, retombait sur les épaules de Whittaker.

« Pourquoi faites-vous cela, monsieur ? Me laisser vous accompagner, je veux dire ? » demanda tout à coup Helen.

Whittaker réfléchit à la question pendant un moment, puis s'expliqua :

« Parce que, contrairement à ce que le sergent McBain pourrait penser, je considère que c'est votre enquête. Si vous n'aviez pas été là, Addisu serait encore à la morgue de la police et beaucoup de ses compatriotes seraient encore en enfer. »

Helen se sentit rougir – elle n'était pas de nature à être fière mais elle fut plus que ravie de son résumé de la situation. C'était ce qu'elle éprouvait et elle était heureuse qu'il le comprenne.

« Voilà pourquoi je pense que vous devriez être autorisée à la mener jusqu'à son terme. »

Helen était sur le point de répondre, quand la voiture ralentit soudainement.

---

6. **To view :** *considérer, voir.*
7. **Countryman :** *compatriote.*
8. **Proud :** *fier.*
9. **Summary :** *résumé.*
10. **To see something through :** *mener à bien* (une activité quelconque) *en surmontant un obstacle, effectif ou potentiel* (interdiction, manque de moyens, temps requis, découragement, etc.).

'Looks like we're here,' Whittaker said, sparing[1] Helen the embarrassment of a mumbled thanks by opening the door for them. 'Before we begin though, a word of advice[2]. Don't make the more experienced officers present look foolish. You'll already be the best-dressed person there. No need to be the smartest one too.'

Winking at her, Whittaker stepped out and walked towards a derelict[3] warehouse[4], Helen following close behind.

1. **To spare :** *épargner.*
2. **Advice :** *conseil.*
3. **Derelict :** *délabré, abandonné.*
4. **Warehouse :** *entrepôt.*

« On dirait qu'on y est, dit Whittaker, épargnant à Helen l'embarras d'avoir à bredouiller un remerciement en ouvrant la porte. Mais avant de commencer, un petit conseil. Évitez de ridiculiser les officiers présents qui sont plus expérimentés. Vous serez déjà la personne la mieux habillée. Pas besoin d'être aussi la plus intelligente. »

Lui faisant un clin d'œil, Whittaker sortit et se dirigea vers un entrepôt désaffecté, talonné de près par Helen.

31

Helen took Whittaker's advice, remaining in the background[1] as much as possible during the stakeout[2]. Whittaker's patronage[3] was enough to guarantee her acceptance within the team, but the experienced men of Central CID were not going to extend a warm hand of welcome to a younger, female interloper[4]. They were polite but no more, talking to Whittaker as if she wasn't in the room. If this was designed to irritate Helen, it didn't work. She was happy to be a silent presence here, watching and learning.

The small team were holed up[5] in a disused warehouse overlooking the Western Docks. No one came here any more, so it was the perfect place to hide out[6], affording them a good view of the two roads to and from the unloading bay[7]. There had been some excitement when the boat docked, but since then little had happened, as the formalities were concluded prior to unloading. Helen knew that undercover[8] work was 90 per cent tedium[9] and 10 per cent adrenaline, but even so she hadn't been prepared for how slowly the minutes crept[10] by. The time was passed discussing the case, bantering[11] about past collars and smoking. Helen could at least join in with the latter, making a point of offering her pack around. As a couple of the officers accepted her offer, Helen thought she felt a slight thawing[12] in the atmosphere.

As the hours ticked by, the atmosphere changed from expectation[13] to boredom[14], and then to frustration. The sun was dropping from the sky after a pointless twelve hours and the temperature was following suit[15].

---

1. **Background :** *arrière-plan, dans le fond.*
2. **Stakeout** ['stəɪkaʊt] **:** *surveillance.*
3. **Patronage :** *protection, parrainage.*
4. **Interloper :** *intrus.*
5. **To hole up :** *se terrer, se planquer.*
6. **To hide out :** *se planquer, rester caché.*
7. **Bay :** *baie.*
8. **Undercover** [ˌʌndəʳˈkʌvəʳ] **:** *en civil, secret, infiltré.*

Chapitre 31

Helen suivit le conseil de Whittaker et resta autant que possible en retrait pendant la surveillance. L'appui de Whittaker suffisait à garantir qu'elle soit acceptée au sein de l'équipe, mais les hommes expérimentés de la PJ centrale n'allaient pas accueillir à bras ouverts une jeune intruse. Ils se montrèrent polis, sans plus, parlant à Whittaker comme si elle n'était pas dans la pièce. Si c'était destiné à irriter Helen, cela ne marchait pas. Elle était satisfaite d'être là, une présence silencieuse qui observait et apprenait.

La petite équipe était terrée dans un entrepôt désaffecté qui donnait sur les quais ouest. Plus personne n'y venait, c'était donc l'endroit parfait pour se cacher et qui offrait un bon point de vue sur les deux routes menant au quai de déchargement. Il y avait eu un peu d'excitation lorsque le bateau avait accosté mais depuis, il ne s'était pas passé grand-chose, les formalités étant terminées avant le déchargement. Helen savait que le travail d'infiltration était composé à 90 % d'ennui et à 10 % d'adrénaline mais, malgré tout, elle n'avait pas été préparée au fait que les minutes s'écouleraient si lentement. On passa le temps à discuter de l'affaire, à plaisanter sur d'anciennes arrestations et à fumer. Sur ce dernier point, Helen pouvait au moins se joindre à eux et mit un point d'honneur à proposer son paquet autour d'elle. Lorsque certains officiers acceptèrent son offre, Helen crut sentir l'atmosphère se détendre légèrement.

Au fil des heures, l'atmosphère passa de l'attente à l'ennui, puis à la frustration. Le soleil descendait dans le ciel après douze heures inutiles et la température suivait le mouvement.

---

9. **Tedium** ['tiːdɪəm] **:** *ennui, monotonie.*
10. **To creep :** *avancer lentement.*
11. **To banter :** *plaisanter, se chambrer.*
12. Cf. **to thaw :** *fondre, décongeler.*
13. **Expectation :** *attente, espoir.*
14. **Boredom** ['bɔːʳdəm] = **tedium.**
15. **To follow suit :** *en faire autant, imiter.*

'There's going to be a heavy frost[1] tonight. Could drop down to two below zero, possibly more,' Carter was saying.

Carter was slightly younger than the others, a little more modern in his views. Helen instinctively liked him, especially as he was expounding[2] her own concerns.

'Noted,' Whittaker replied. 'But our man is likely[3] to come at night, so for now we sit tight[4].'

'How long are we giving it?' Carter persisted.

'Till something fucking happens,' Roberts piped up[5].

Roberts – overweight and overconfident[6] – clearly felt he was Whittaker's number two, though Helen wasn't sure that Whittaker felt the same way.

'Easy for you to say. You haven't been in a box for the last three weeks.'

Roberts stared at Carter. There was no love lost[7] between these two. Helen wondered whether it was ambition setting them at odds or something else.

'All right, boys,' Whittaker interrupted. 'No point getting your knickers in a twist[8]. We're not making a move[9] until we have to. So for now, *we wait*.'

He stared at the two men, daring them to continue the argument. Neither did. Whittaker had asserted himself and the conversation was over.

---

1. **Frost :** *givre, gelée.*
2. **To expound :** *exposer, énoncer.*
3. **Likely :** *probable* ; **to be likely to :** *y avoir de fortes chances.*
4. **Sit tight :** *patienter.*
5. **To pipe up :** (fam.) *l'ouvrir.*

« Il va y avoir de fortes gelées ce soir. La température pourrait descendre jusqu'à deux degrés en dessous de zéro, peut-être plus », disait Carter.

Carter était légèrement plus jeune que les autres, un peu plus moderne dans ses opinions. Instinctivement, Helen l'apprécia, d'autant plus qu'il exposait les mêmes inquiétudes qu'elle.

« Noté, répondit Whittaker. Mais notre homme est susceptible de venir la nuit alors, pour l'instant, on attend patiemment. »

« Et on tente ça quand ? » s'obstina Carter.

« Jusqu'à ce que quelque chose se passe, putain », intervint Roberts.

Roberts – en surpoids et trop sûr de lui – estimait clairement être le numéro deux de Whittaker, bien qu'Helen ne fût pas sûre que ce dernier soit du même avis.

« Facile à dire pour toi. Tu n'as pas passé les trois dernières semaines dans une boîte. »

Roberts regarda fixement Carter. Ces deux-là ne pouvaient pas se voir. Helen se demanda si c'était l'ambition qui les opposait ou autre chose.

« D'accord, les gars, les interrompit Whittaker. Pas la peine de s'énerver. Nous ne passerons pas à l'action avant d'y être obligés. Donc pour l'instant, *nous attendons.* »

Il fixa du regard les deux hommes, les mettant au défi de poursuivre leur querelle. Aucun des deux ne le fit. Whittaker s'était imposé et la discussion était close.

---

6. **Overconfident = too self-assured.**
7. **No love lost :** *ne pas pouvoir se voir, se détester cordialement.*
8. M. à m. « pas besoin de vous entortiller les petites culottes ».
9. **To make a move :** *bouger, passer à l'action.*

32

Shortly afterwards, Helen slipped out of the room. She could only stomach[1] so much testosterone.

Leaving the sweaty[2] surveillance room behind, she crept quietly out onto the old fire escape[3] and climbed upwards. Before long, she was at roof level and, treading[4] carefully, stepped out onto the tiles. Her progress was slow and steady[5], but before long she had crested[6] the roof and sat down on its apex ridge[7], surveying the scene below.

She hadn't had much call to come down to the docks during her rotations and she was struck now by their splendour. By day they looked workaday[8] and industrial, but they sparkled[9] at night, when the powerful lights on the cranes[10], boats and quaysides[11] danced off the inky[12] black water. Helen was struck by the scale of it all – the number of ships, the vast towers of containers. To her it seemed as if the whole world came in and out of this port. Which is why a posting with Hampshire police would never be dull.

She pulled a Wispa[13] from her pocket and started to nibble[14] on it as she scanned the night sky. The docks were in front of her, behind her the city stretched[15] away into the distance. She was still finding her feet here – she was often mocked by other officers for her London accent and attitudes – but her instinct was that she was going to like it. She liked the fact that nobody knew her.

---

1. **To stomach** ['stʌmək] : *supporter, tolérer.*
2. **Sweaty** ['swetɪ] : *en sueur, moite* ; **sweat** [swet] : *sueur, transpiration.*
3. **Fire escape :** *escalier de secours, sortie de secours.*
4. **To tread** [tred] : *marcher, fouler.*
5. **Steady** ['stedɪ] : *stable, solide.*
6. **To crest :** *atteindre le sommet.*
7. **Ridge :** *faîtage.*
8. **Workaday = ordinary.**
9. **To sparkle :** *étinceler, scintiller.*

Chapitre 32

Peu après, Helen s'éclipsa de la pièce. Sa résistance à autant de testostérone avait ses limites.

Laissant derrière elle la salle de surveillance qui sentait la transpiration, elle se glissa sans faire de bruit vers le vieil escalier de secours et grimpa. Très vite, elle se retrouva au niveau du toit et, en marchant prudemment, elle quitta l'escalier pour gagner les tuiles. Elle avançait de façon lente et stable, et atteignit bientôt le sommet du toit et s'assit sur le faîtage, examinant la vue au-dessous d'elle.

Elle n'avait pas vraiment été appelée à intervenir sur les quais pendant sa formation et elle fut alors frappée par leur splendeur. Le jour, ils étaient juste banals et industriels mais, la nuit, ils étincelaient lorsque les puissantes lumières des grues, des bateaux, et des bords dansaient sur l'eau d'un noir d'encre. Helen fut frappée par l'ampleur de l'ensemble – le nombre de navires, les hautes tours de conteneurs. Elle avait l'impression que le monde entier entrait et sortait de ce port. Voilà pourquoi une affectation dans la police du Hampshire ne serait jamais ennuyeuse.

Elle sortit une barre chocolatée de sa poche et commença à la grignoter en scrutant le ciel nocturne. Les quais étaient devant elle, derrière elle la ville s'étendait au loin. Elle était encore en train de prendre ses marques ici – les autres policiers se moquaient souvent d'elle à cause de son accent et de ses manières londoniens – mais son instinct lui disait qu'elle allait s'y plaire. Elle aimait le fait que personne ne la connaisse.

---

10. **Crane :** *grue.*
11. **Quayside** ['kiːsaɪd] **:** *bord du quai.*
12. Cf. **ink :** *encre.*
13. **Wispa :** barre de chocolat au lait fabriquée par la célèbre marque britannique de confiseries Cadbury.
14. **To nibble :** *grignoter.*
15. **To stretch :** *s'étirer.*

Her colleagues, her flatmates, had no idea that up until a couple of years ago she had been Jodie Haynes, the product of an abusive, violent family and the fortunate survivor of a brutal care system. Helen had hoped that by changing her name and embracing[1] her new destiny as a police officer she would buy herself some happiness, an ounce of redemption, and for the first time in her difficult life her faith[2] had been repaid. Sometimes in her darker moments, she saw only the bad side of Southampton, but tonight she saw only its promise.

In the distance a dog barked, snapping Helen out of[3] her introspection. Looking in the direction of the noise, she thought she saw something, a flash of headlights[4] near the entrance to the docks. She immediately tensed[5], straining to see if the vehicle was heading in her direction.

It was. The van slipped through the gates, then quietly turned the corner. It was now driving directly along the quayside, making good progress towards the dockside. Helen's eyes were glued to it, drawn almost hypnotically to the bright lights, when suddenly and without warning they cut out[6]. She could hear that the van was still moving, but it was proceeding in darkness now, presumably so as not to draw attention to its arrival. Straining, Helen peered into the gloom, trying to track[7] the vehicle's progress. The moon was hidden behind clouds tonight, but she could just about make out[8] the contours of the van, as it came to a halt right beneath her. Moments later, the engine was switched off and two figures emerged, heading away from the van quickly, before disappearing among the stacked storage containers.

1. **To embrace :** *embrasser, étreindre, adopter.*
2. **Faith :** *foi, conviction.*
3. **To snap out of :** *se sortir de, se secouer.*
4. **Headlight :** *phare.*

Ses collègues, ses colocataires n'avaient aucune idée que, quelques années auparavant, elle s'appelait Jodie Haynes, qu'elle était le produit d'une famille violente et abusive qui avait eu la chance de survivre à la brutalité de l'Assistance publique. Helen avait espéré qu'en changeant de nom et en embrassant son nouveau destin d'agente de police, elle s'achèterait un peu de bonheur, une once de rédemption, et pour la première fois dans sa vie difficile, sa foi avait été récompensée. Parfois, dans ses moments les plus sombres, elle ne voyait que le mauvais côté de Southampton, mais ce soir, elle n'en voyait que les promesses.

Au loin, un chien aboya, arrachant Helen à son introspection. Regardant dans la direction du bruit, elle crut voir quelque chose, un flash de phares près de l'entrée des quais. Immédiatement, elle se raidit, s'efforçant de voir si le véhicule se dirigeait dans sa direction.

C'était bien le cas. La camionnette passa les grilles, puis tourna à l'angle en silence. Elle roulait maintenant directement sur le bord, avançant à un bon rythme vers les quais. Les yeux d'Helen étaient braqués sur elle, attirés par les phares brillant de façon quasi hypnotique, quand soudainement et sans prévenir, ils s'éteignirent. Elle entendait que la camionnette était toujours en mouvement, mais avançait désormais dans l'obscurité, sans doute pour ne pas attirer l'attention sur son arrivée. Helen fit un effort pour suivre des yeux la progression du véhicule dans l'obscurité. La lune était cachée derrière les nuages ce soir-là, mais elle pouvait tout juste distinguer les contours de la camionnette jusqu'à ce qu'elle s'arrête juste en dessous d'elle. Quelques instants plus tard, le moteur s'éteignit et deux silhouettes apparurent, s'éloignant rapidement de la camionnette avant de disparaître au milieu des piles de conteneurs.

---

5. **To tense :** *se tendre, se crisper.*
6. **To cut out :** *arrêter, se couper.*
7. **To track :** *pister, suivre.*
8. **To make out :** *distinguer, discerner.*

Scrambling across the roof, Helen scurried[1] down the fire escape. She was hurrying towards the second floor, keen to alert Whittaker to the van's arrival, but as she reached the doorway[2] below, a handful of officers emerged at speed[3], pushing past her and away down the stairs. They were clearly aware of the van, but had no intention of involving her in their operation. Hers was still a watching brief.

She stood on the fire escape for twenty seconds or so, then slowly started to descend. She was happy not to be in the vanguard[4], but she refused to sit idle[5], when their investigation was reaching its climax[6]. The officers didn't look back and seemed unaware that Helen was shadowing[7] them. They paused as they reached ground level and Helen did likewise[8], watching on from above, as one of the officers peeked round the edge of the building. Helen recognized Carter now – she was pleased that one of the fitter, sharper men was leading the hunt[9].

Happy that the coast was clear, Carter scuttled quickly across to the van. Sliding along the side of it, he darted a look into the cab, then signalled to his fellow officers to follow. They raced across to join him, before fanning out[10] in pairs to search for their quarry[11] among the storage containers.

Helen descended the last few steps and crept forward, keeping in the shadows of the building. She knew Whittaker would be watching, so she switched off her radio, before following in the other officers' footsteps. Whittaker would presumably try to call her off[12], but once she was among the containers, there would be little he could do. She didn't dawdle, sprinting across the dockside without making a sound, never once looking back.

---

1. **To scurry :** *se précipiter, se hâter.*
2. **doorway :** *embrasure d'une porte.*
3. **Speed :** *vitesse.*
4. **Vanguard :** *avant-garde, en première ligne.*
5. **Idle** ['aɪdəl] **:** *désœuvré, inoccupé.*
6. **Climax :** *apogée, point culminant.*
7. **To shadow :** *pister, prendre en filature.*
8. **Likewise :** *de même.*

Se dépêchant de retraverser le toit, Helen descendit précipitamment l'escalier de secours. Elle se hâtait vers le deuxième étage, impatiente d'alerter Whittaker de l'arrivée de la camionnette, mais lorsqu'elle atteignit la porte d'en dessous, une poignée de policiers la dépassa à toute vitesse et s'éloigna dans les escaliers. Ils étaient clairement au courant de la présence du fourgon, mais n'avaient pas l'intention de l'impliquer dans leur opération. Sa mission à elle restait de l'observation.

Elle se tint debout sur l'escalier de secours pendant une vingtaine de secondes, puis commença à descendre lentement. Elle était heureuse de ne pas être en première ligne, mais refusait de rester désœuvrée au moment où leur enquête atteignait son point culminant. Les inspecteurs ne se retournèrent pas et semblaient ignorer qu'Helen les suivait. Ils firent une pause en atteignant le rez-de-chaussée et Helen fit de même, les observant d'en haut, tandis que l'un d'eux jetait un coup d'œil à l'angle du bâtiment. Helen reconnut alors Carter – elle était satisfaite que l'un des hommes les plus athlétiques et les plus intelligents mène la chasse.

Content que la voie soit libre, Carter courut rapidement vers la camionnette. Se glissant sur le côté, il jeta un coup d'œil dans la cabine, puis fit signe à ses collègues de le suivre. Ils se précipitèrent pour le rejoindre, avant de se disperser deux par deux parmi les conteneurs à la poursuite de leur proie.

Helen descendit les toutes dernières marches et s'avança discrètement, restant dans l'ombre du bâtiment. Elle savait que Whittaker resterait vigilant et éteignit donc sa radio avant d'emboîter le pas aux autres policiers. Whittaker allait sans doute essayer de la rappeler pour qu'elle renonce, mais une fois qu'elle serait au milieu des conteneurs, il ne pourrait plus faire grand-chose. Elle ne traîna pas et traversa les quais en courant à toute vitesse, sans faire de bruit et sans se retourner une seule fois.

---

9. **Hunt :** *chasse.*
10. **To fan out :** *se disperser* (de **fan :** *éventail*).
11. **Quarry** ['kwɒrɪ] **:** *proie, cible.*
12. **To call someone off :** *rappeler qqn partie exécuter une mission.*

Moments later, she found herself in a maze[1] of storage containers. She had never been up close to them before and was shocked by just how vast they were. Walking through the narrow[2] corridors that separated the stacked containers, she had a keen sense of how tiny and fragile she was, how easily and comprehensively she would be crushed[3] if one of them were to be dislodged[4]. She pressed on, keeping her guard up and her senses alert. There were more-experienced officers ahead[5] of her, but she wouldn't be unhappy if she was the one who came face to face with the traffickers. They were the authors of all this misery and she was keen to see them pay for their crimes.

Moving fast, she prowled[6] the alleyways[7], searching for signs of life. The tall corridors shut out the moonlight and it was almost impossible to make out anything in the gloom. Then suddenly Helen glimpsed something that stopped her in her tracks. Up ahead, a torch beam was playing over one of the containers. Now Helen hesitated, casting an eye around for her fellow officers. But there was no one so, summoning her courage, she moved forward, striding[8] towards the shadowy[9] figures.

As she did so, her foot connected with something hard and she watched on in horror as a discarded[10] wrench[11] skidded across the floor, striking the nearest container. A deep, metallic clang[12] boomed out[13], as the wrench rebounded off the steel. The effect was instantaneous. The torch beam was extinguished and the figures fled.

---

1. **Maze :** *labyrinthe.*
2. **Narrow :** *étroit.*
3. **To crush :** *écraser.*
4. **To dislodge :** *déplacer, déloger.*
5. **Ahead :** *devant, en tête.*
6. **To prowl :** *rôder.*
7. **Alleyway :** *ruelle.*
8. **To stride :** *marcher à grands pas.*

Quelques instants plus tard, elle se retrouva dans un labyrinthe de conteneurs. Elle n'en avait jamais approché auparavant et fut choquée par leur taille. En marchant dans les couloirs étroits qui séparaient les conteneurs empilés, elle éprouva de façon aiguë combien elle était petite et fragile, et comme elle serait complètement écrasée si l'un d'entre eux venait à être déplacé. Elle continua à avancer, en restant sur ses gardes, et tous ses sens en éveil. Il y avait des agents plus expérimentés devant elle, mais elle ne serait pas malheureuse d'être celle qui se retrouverait nez à nez avec les trafiquants. Ils étaient les responsables de toute cette misère et elle avait hâte de les voir payer pour leurs crimes.

Se déplaçant rapidement, elle explora les ruelles, à la recherche de signes de vie. Les grands couloirs bloquaient le clair de lune et il était presque impossible de distinguer quoi que ce soit dans la pénombre. Puis soudain, Helen entraperçut quelque chose qui l'arrêta dans son élan. Devant elle, le faisceau d'une lampe torche dansait sur l'un des conteneurs. Helen hésita alors, jetant un coup d'œil autour d'elle à la recherche de ses collègues. Mais il n'y avait personne, alors, rassemblant son courage, elle avança, marchant à grands pas vers les silhouettes suspectes.

Ce faisant, son pied heurta quelque chose de dur et elle vit avec horreur une clé anglaise abandonnée glisser sur le sol, et venir heurter le conteneur le plus proche. Un bruit métallique résonna avec un son grave lorsque la clé rebondit sur l'acier. L'effet fut instantané. Le faisceau de la lampe s'éteignit et les silhouettes s'enfuirent.

---

9. L'auteur joue ici sur le double sens de **shadowy** qui signifie à la fois *indistinct*, la scène se déroulant en pleine nuit, mais aussi *suspect* lorsque l'adjectif qualifie un individu.
10. **Discarded :** *jeté, abandonné.*
11. **Wrench :** *clé anglaise, clé à molette.*
12. **Clang :** *bruit métallique.*
13. **To boom out :** *résonner, retentir.*

Now shouts rang out and a handful of[1] new torch beams suddenly lit up, as the other officers sprang into action. Helen cut right, running past two sets of containers, before darting left, determined to cut off the fleeing traffickers. Immediately she came face to face with a sweating Roberts, but side-stepping[2] him deftly, she pressed on. She could hear shouts ahead, sounds of a scuffle[3], so she upped her speed, determined to help. Emerging breathless from a corridor of containers, she suddenly caught sight of a strange tangle[4] of limbs, heads and torsos, grappling in the dirt. The fugitives were trying to wriggle free, but they were outnumbered and even as Helen approached, they finally gave up the fight. Still protesting at their rough treatment, they were pinned down[5] and cuffed, torch beams trained on their blinking faces.

Something about the timbre of the voices worried Helen and as she got close to the prone[6] figures, she realized why. These weren't the traffickers they were after – they were kids. A pair of teenage toe rags[7], utterly bemused by the welcome party that now surrounded them.

---

1. **A handful :** *une poignée de.*
2. **To side-step :** *contourner, faire un pas de côté pour éviter.*
3. **Scuffle :** *affrontement spontané sans grande violence, généralement sans armes, et de courte durée.*

À présent, des cris retentirent et une poignée de nouvelles lumières s'allumèrent tout à coup, alors que les autres policiers entraient en action. Helen coupa sur la droite, passant devant deux groupes de conteneurs, avant de s'élancer à gauche, déterminée à bloquer les trafiquants qui avaient pris la fuite. Elle se retrouva immédiatement face à face avec un Roberts en sueur, mais l'évita adroitement en faisant un pas de côté et poursuivit sa course. Elle entendait des cris devant elle, des bruits de bagarre, alors elle accéléra le rythme, déterminée à aider. Émergeant d'un couloir de conteneurs à bout de souffle, elle aperçut soudain un étrange enchevêtrement de membres, de têtes et de torses, qui se débattaient dans la poussière. Les fugitifs essayaient de se dégager, mais ils étaient moins nombreux et alors même que Helen s'approchait, ils arrêtèrent enfin de se battre. Tandis qu'ils protestaient contre la brutalité de leur traitement, ils furent plaqués au sol et menottés, clignant des yeux sous la lumière des lampes torches braquées sur leurs visages.

Quelque chose dans le timbre de leurs voix inquiéta Helen et, en s'approchant des silhouettes face contre terre, elle comprit pourquoi. Ce n'étaient pas les trafiquants qu'ils recherchaient – mais des enfants. Deux jeunes misérables délinquants, complètement déconcertés par la fête de bienvenue qui les encerclait désormais.

---

4. **Tangle :** *enchevêtrement.*
5. **To pin down :** *clouer au sol, immobiliser.*
6. **Prone :** *face contre terre, sur le ventre.*
7. **Toe rag :** (fam.) *raclure, ordure.*

'What a bloody cock-up[1].'

The two teenagers were being questioned by Carter in one of the unmarked vehicles, but nobody held out any hope of connecting them to the traffickers. They were just opportunist thieves[2] who paid occasional visits to the docks whenever they got wind of a shipment from the Far East – which usually contained high-value electrical items like TVs and laptops[3]. Whittaker's team had caught two petty[4] thieves, not the big fish they were after.

'All that preparation, all that waiting for this,' Roberts continued, clearly livid[5].

Whittaker looked at him, but said nothing. Nobody had mentioned Helen's clumsiness[6] so far and she was glad of it. It hadn't mattered in the end but could have cost them dear[7] if she had alerted the traffickers to their presence.

'So what now? We going to pack up[8]?'

'Somewhere you'd rather be, Roberts?' Whittaker shot back tersely[9].

'No, but he's not bloody going to turn up[10] now, is he?'

Roberts gestured angrily to the stevedores[11] who stood at a distance, regarding them.

'The world and his wife are going to know we're down here now. And if this trafficker is as well connected as he appears to be ...'

'You don't know that,' Whittaker responded firmly. 'And, besides, if he doesn't show[12] this time, then —'

'We're wasting our time.'

---

1. **Cock-up :** (fam.) *bourde, cafouillage.*
2. **Thief :** *voleur* ; (plur.) **thieves.**
3. **Laptop :** *ordinateur portable.*
4. **Petty :** *petit, insignifiant.*
5. **Livid = furious.**
6. **Clumsiness :** *maladresse* ; **clumsy :** *maladroit.*
7. **Dear :** *cher.*
8. **Pack up :** *ranger, emballer.*

Chapitre 33

« Quelle putain de bourde. »

Carter interrogeait les deux adolescents dans l'un des véhicules banalisés, mais personne n'avait bon espoir de les relier aux trafiquants. Ce n'étaient que des voleurs opportunistes qui se rendaient sur les quais de temps en temps lorsqu'ils avaient vent d'une cargaison en provenance de l'Extrême-Orient, qui contenait généralement des appareils électriques de grande valeur comme des écrans télé et des ordinateurs portables. L'équipe de Whittaker n'avait attrapé que deux petits voleurs, pas le gros poisson qu'elle recherchait.

« Tous ces préparatifs, toute cette attente pour ça », poursuivit Roberts, visiblement furieux.

Whittaker le regarda, mais sans rien dire. Personne n'avait pour l'instant mentionné la maladresse d'Helen et elle en était soulagée. Cela n'avait pas eu d'importance au bout du compte, mais cela aurait pu leur coûter cher si elle avait alerté les trafiquants de leur présence.

« Qu'est-ce qu'on fait maintenant ? On remballe tout ? »

« Tu as autre chose à faire, Roberts ? » rétorqua laconiquement Whittaker.

« Non, mais il ne risque pas de se pointer maintenant, bordel ! Si ? »

Roberts fit un geste rageur en direction des dockers qui se tenaient à distance et les regardaient.

« La terre entière va savoir qu'on est ici maintenant. Et si ce trafiquant a autant de relations qu'il semble en avoir... »

« Vous n'en savez rien, répondit fermement Whittaker. En plus, s'il ne se montre pas cette fois, alors... »

« On perd notre temps. »

---

9. Cf. **terse :** *laconique, succinct.*
10. **Turn up :** *se pointer, refaire surface.*
11. **Stevedore :** *docker.*
12. **To show :** (ici) abr. courante de **to show up**, *se pointer, se manifester.*

'That's my decision, not yours.'

'Be reasonable, guv[1] —'

'Is that your way of volunteering for first watch[2], Roberts?'

The rest of the team now got involved, debating the pros and cons[3] of further stakeouts. Keen to avoid being dragged into the debate, Helen crossed the dockside towards the containers. Swathed in darkness for so long, they were starting to be illuminated by the sun, and what had seemed sinister and impressive[4] earlier now looked workaday and ordinary. Soon the quayside would be thick with stevedores ribbing[5] each other as they settled down to another day's work, unloading TVs, crates[6] of oranges and the rest of the bounty[7] that passed through the docks every day.

Helen stood still, debating whether to stay or go. The debate continued behind her – Roberts continuing to make his point[8] forcefully[9] – but as Helen watched on, her attention was now drawn to a very different noise. She wasn't sure what it was at first. It sounded like a low drone[10], or a baby moaning[11] in its sleep. It seemed to cut through her, though why she couldn't say. She closed her eyes, focusing on the noise, trying to pin down[12] what it was. And now she realized what was so unnerving[13] about it. It wasn't one noise, it was a chorus of noises, each sounding as pitiful as the other.

'Over here!'

The other officers looked up, uncertain whether to respond or carry on their argument.

---

1. **Guv :** *patron, chef.*
2. **First watch :** *premier tour de garde, premier quart.*
3. **Pros and cons :** *le pour et le contre, les avantages et les inconvénients.*
4. **Impressive :** *impressionnant.*
5. **To rib :** *taquiner, se moquer.*
6. **Crate :** *caisse, cageot.*
7. **Bounty :** *abondance, générosité.*
8. **To make your point :** *exprimer son point de vue, se faire comprendre.*
9. **Forcefully :** *énergiquement.*

« C'est ma décision, pas la vôtre. »

« Soyez raisonnable, chef... »

« C'est votre façon de vous porter volontaire pour le premier quart, Roberts ? »

Le reste de l'équipe se mêla alors à la conversation, débattant du pour et du contre de la poursuite de la surveillance. Afin d'éviter de se laisser entraîner dans le débat, Helen traversa le quai en direction des conteneurs. Plongés dans l'obscurité depuis si longtemps, ils commençaient à être éclairés par le soleil, et ce qui plus tôt lui avait semblé sinistre et impressionnant paraissait désormais banal et ordinaire. Bientôt, le quai serait rempli de dockers qui échangeraient des plaisanteries avant de démarrer leur nouvelle journée de travail, et de décharger des téléviseurs, des cageots d'oranges et le reste de cette profusion de marchandises qui chaque jour transite par les quais.

Helen resta immobile, se demandant si elle devait rester ou partir. Le débat continuait derrière elle – Roberts persistant avec énergie à faire valoir son point de vue – mais, tandis qu'Helen les regardait, son attention se porta vers un bruit très différent. Au départ, elle ne fut pas très sûre de ce que c'était. Cela ressemblait à un faible ronronnement, ou à un bébé qui gémissait dans son sommeil. Le bruit semblait la transpercer, sans qu'elle puisse dire pourquoi. Elle ferma les yeux, se concentrant sur le bruit, essayant de repérer ce que c'était. Elle comprit alors ce qui le rendait si troublant. Ce n'était pas un seul bruit, c'était un chœur de bruits, tous aussi désolants les uns que les autres.

« Par ici ! »

Les autres policiers levèrent la tête, sans trop savoir s'il fallait répondre ou continuer leur discussion.

---

10. **Drone :** *ronronnement.*
11. **To moan :** gémir.
12. **To pin down :** *localiser, repérer.*
13. **Unnerving :** *perturbant, dérangeant.*

'Over here. I can hear something,' she continued. 'I can hear ...'

And now the voices of her fellow officers were stilled[1], as they hurried to join her. They strained to listen too and now they all heard it.

A long, slow wail[2] of despair.

1. **To still :** *faire taire, immobiliser.*
2. **Wail :** *plainte, gémissement.*

« Par ici. J'entends quelque chose, poursuivit-elle. J'entends... »

Alors les voix de ses collègues se turent tandis qu'ils se dépêchaient de la rejoindre. Ils s'efforcèrent d'écouter comme elle et tous à présent l'entendirent.

Un long et lent gémissement de désespoir.

34

'Get it open.'

Whittaker was dockside now. Hurrying out of their hiding place, the team had located the source of the noise. It seemed to be coming from a dark-red container that had recently been lowered into the unloading bay. What had sounded like a long, unnerving moan was now clearly a chorus of voices, pleading for[1] help in words nobody present could understand.

'Get the bloody thing open.'

The stevedores were working as hard as they could to open the container, but evidently[2] not fast enough for Whittaker, whose frustration was mounting. Helen wondered if there was more than simple human concern at play – Whittaker had been the one who'd wanted to delay[3]. At what cost was not yet clear.

Finally, the bolts slipped out of their holdings and the doors started to move. Slowly at first, then with gathering momentum, as those present laboured[4] to get them open. As the doors parted, Helen hurried forward to help, then suddenly stopped in her tracks. There were at least fifty men and women packed into the freezing container, but only half of them were screaming for assistance. Others were insensible[5], passed out[6] on the metal floor and at least three of the inhabitants[7] were dead. They had been pushed to the front of the container to isolate them from the living[8] – one of them was already in an advanced state of decomposition.

---

1. **To plead for** [pliːd] **:** *implorer, demander.*
2. **Evidently :** *à l'évidence, manifestement.*
3. **To delay :** *retarder.*
4. **To labour** (UK), **labor** (US) **:** *travailler dur, se donner du mal.*

Chapitre 34

« Ouvrez-le. »

Whittaker était à présent sur le quai. Se dépêchant de sortir de sa cachette, l'équipe avait localisé la source du bruit. Il semblait provenir d'un conteneur rouge foncé qui avait été récemment descendu dans le quai de déchargement. Ce qui avait ressemblé à un long et troublant gémissement était désormais clairement un chœur de voix, implorant de l'aide avec des mots qu'aucune personne présente ne comprenait.

« Ouvrez ce satané machin. »

Les dockers travaillaient d'arrache-pied pour ouvrir le conteneur, mais de toute évidence pas assez vite pour Whittaker, dont la frustration augmentait. Helen se demanda s'il s'agissait là d'une simple préoccupation humaine ou si davantage était en jeu – Whittaker était celui qui avait voulu attendre. À quel prix, ce n'était pas encore clair.

Enfin, les verrous finirent par céder et les portes commencèrent à bouger. Lentement d'abord, puis de façon plus dynamique, tandis que les personnes présentes s'efforçaient de les ouvrir. Une fois les portes dégagées, Helen se précipita pour aider, puis s'arrêta brusquement dans son élan. Il y avait au moins cinquante hommes et femmes entassés dans le conteneur glacial, mais seulement la moitié d'entre eux criaient au secours. Les autres étaient inconscients, évanouis sur le sol métallique, et au moins trois étaient morts. Ils avaient été poussés à l'avant du conteneur pour les isoler des vivants – l'un d'entre eux était déjà dans un état de décomposition avancé.

---

5. **Insensible = unconscious.**
6. **To pass out :** *s'évanouir.*
7. **Inhabitant :** *habitant.*
8. **The living :** *les vivants.*

The next few hours were some of the most harrowing[1] of Helen's short life, as the dead, the dying and the traumatized were removed from the fetid container. Swallowing her horror, Helen pitched in, guiding the terrified immigrants to the awaiting ambulances. Many of the women were determined not to be touched by men, despite their exhaustion[2] and weakness and Helen was pleased to be able to help, reassuring them and securing them the medical treatment they so badly needed. But mostly Helen felt impotent[3], as she knew they all did. They had saved some lives, but the trafficker remained at large[4]. He had presumably decided not to show – the risk of arrest too great following the recent publicity. His callousness was stunning – he had sacrificed these people to save his own skin[5] – but for now there was nothing Helen could do.

They had played and lost.

---

1. **Harrowing :** *atroce, éprouvant.*
2. **Exhaustion** [əg'zɔːstʃən] **:** *épuisement, exténuation.*
3. **Impotent** ['impətənt] **:** *impuissant.*
4. **At large :** *en fuite, en liberté, dans la nature.*
5. **Skin :** *peau.*

Les heures qui suivirent furent parmi les plus éprouvantes de la courte vie d'Helen, pendant que les morts, les mourants et les traumatisés étaient extirpés du conteneur fétide. Ravalant son sentiment d'horreur, Helen mit la main à la pâte et guida les immigrants terrifiés vers les ambulances qui les attendaient.

La plupart des femmes refusaient d'être touchées par des hommes, malgré leur épuisement et leur faiblesse, et Helen était heureuse de pouvoir les aider, les rassurer et leur garantir le traitement médical dont elles avaient terriblement besoin. Mais Helen se sentait surtout impuissante, un sentiment qu'elle savait partagé par tous. Ils avaient sauvé quelques vies, mais le trafiquant était toujours dans la nature. Il avait vraisemblablement décidé de ne pas se montrer – la récente médiatisation rendait le risque d'arrestation trop grand. Sa cruauté était stupéfiante – il avait sacrifié ces personnes pour sauver sa propre peau – mais, pour l'instant, Helen ne pouvait rien y faire.

Ils avaient joué et ils avaient perdu.

35

Helen returned to base without saying goodbye to Whittaker or the team. She still wasn't particularly welcome and, anyway, what was there to say? They were putting a brave face on it[1], but everyone was in shock, still trying to process the grim events of the morning.

Helen muddled through her shift in a daze, fulfilling her duties faithfully, but she was on autopilot, barely[2] taking in what was happening. The only thing that did cut through her fog[3] was McBain's jibes – he couldn't resist mocking Helen's ambitions to bring in a major collar. Helen was learning fast. It's fine to grab the headlines, play the hero, but unless you bring the perpetrators[4] to book[5] it's best not to bother[6]. You only end up making yourself, and your colleagues, look foolish. Helen knew that the top brass[7] were angry at the lack of progress, following all the headlines, and she wondered if any of the fallout[8] would stick[9] to her.

'Don't open a can of worms[10], unless you know what's inside,' McBain chuckled as she signed off for the day, after a tiring[11] shift. 'Back to the day job[12] now, eh?'

'Yes, sir.'

'Back to basics,' he crowed[13], echoing the sentiments of the country's beleaguered[14] Prime Minister.

---

1. **To put a brave face on it :** *faire bonne figure.*
2. **Barely :** *à peine, tout juste.*
3. **Fog :** *brouillard.*
4. **Perpetrator :** *responsable, coupable.*
5. **To book :** *arrêter.*
6. **To bother :** *ennuyer, embêter.*
7. **The top brass :** (fam.) *les gros bonnets.*
8. **Fallout :** 1. *retombées radioactives d'une explosion nucléaire.* 2. *conséquences négatives* (pour la réputation, la tranquillité d'esprit, les bonnes relations dans un groupe, etc.).

Chapitre 35

Helen retourna au commissariat sans dire au revoir à Whittaker ou à l'équipe. Elle n'était toujours pas particulièrement la bienvenue et, de toute façon, qu'y avait-il à dire ? Ils faisaient bonne figure, mais tout le monde était sous le choc et essayait encore de digérer les événements sinistres de la matinée.

Helen accomplit son service dans un état d'hébétude, remplissant consciencieusement ses tâches, mais elle était en pilotage automatique et saisissait à peine ce qui se passait. Seules les railleries de McBain lui parvenaient au travers de son brouillard mental – il ne pouvait s'empêcher de se moquer d'Helen pour avoir voulu procéder à une arrestation majeure. Helen apprenait vite. C'est bien de faire les gros titres, de jouer les héroïnes, mais à moins de mettre les coupables derrière les barreaux, il valait mieux ne pas s'embêter. On finit toujours par se couvrir de ridicule soi-même et les collègues. Helen savait que les gros bonnets étaient furieux de l'absence d'avancées après tous les gros titres, et elle se demandait si les retombées lui colleraient à la peau.

« N'ouvrez pas la boîte de Pandore si vous ne savez pas ce qu'il y a dedans, gloussa McBain lorsqu'elle partit, après une journée fatigante. De retour à votre poste alors, hein ? »

« Oui, chef. »

« Retour aux fondamentaux », dit-il en exultant, se faisant l'écho des sentiments du Premier ministre du pays qui était en difficulté.

---

9. **To stick :** *coller.*
10. **Open a can of worms :** (fig.) *ouvrir la boîte de Pandore* ; **can :** *boîte de conserve* ; **worm :** *ver de terre.*
11. **Tiring :** *fatigant, épuisant.*
12. **Day job :** *emploi principal.*
13. **To crow :** *exulter, fanfaronner.*
14. **Beleagured** [bɪ'liːgərd] : 1. (armée, ville) *entouré, assiégé.* 2. (homme politique, patron, entreprise, pays) *critiqué, contesté, mis en cause de toutes parts.*

Helen didn't stick around to hear any more half-baked[1] maxims, heading home for a well-earned rest. Fortunately, the flat was deserted, so conversation wasn't required – a small mercy[2] given the twenty-four hours she'd just had. Fatigue was catching up with her and Helen already had the next few hours planned out – a cup of tea, a long bath and then an even longer sleep. But as she stepped into the kitchen, her eyes fell on the post[3] that had been tossed[4] carelessly onto the table.

There was an envelope on it that she recognized. The card she had posted to Marianne. It had been sent back unopened, as Helen had expected but also feared. It was a fitting[5] ending to a perfectly dismal[6] day.

---

1. **Half-baked :** (fig.) *à la noix, foireux* ; m. à m. « à moitié cuit ».
2. **Mercy :** *clémence, compassion, miséricorde.*
3. **Post :** *courrier.*
4. **To toss :** 1. *lancer en l'air* (**to toss a coin** : *faire pile ou face*). 2. *lancer d'un geste léger, peu précis, négligent.*
5. **Fitting :** *approprié.*
6. **Dismal :** *lugubre, sombre.*

Helen ne resta pas pour écouter d'autres maximes foireuses et rentra chez elle pour un repos bien mérité. Heureusement, l'appartement était désert, elle n'était donc pas tenue de faire la conversation – un petit soulagement compte tenu des vingt-quatre heures qu'elle venait de passer. La fatigue la rattrapait et Helen avait déjà planifié les prochaines heures – une tasse de thé, un long bain et un sommeil qui le serait davantage. Mais en entrant dans la cuisine, ses yeux tombèrent sur le courrier qui avait été négligemment jeté sur la table.

Dedans, il y avait une enveloppe qu'elle reconnaissait. La carte qu'elle avait postée à Marianne. Elle avait été renvoyée sans avoir été ouverte, comme Helen s'y attendait mais le craignait aussi. Une fin appropriée pour une journée parfaitement lugubre.

36

'I didn't expect to see you again.'

'All part of the service,' Helen replied gamely[1], attempting[2] a smile.

'Would you like to come in?'

Colin Patterson stood aside and let Helen in. He lived in Woolston[3] in a small council flat which didn't look much from the outside – graffiti on the door, broken doorbell – but was surprisingly pleasant inside. The Christmas tree was already surrounded by a large pile of presents[4] and an expensive[5] bottle of single malt was well under way[6].

'Can I offer you a drop[7] or are you on duty?'

'Thanks, but I don't drink.'

'Really?' Patterson questioned, looking genuinely surprised. 'What do you do then?'

It was a fair[8] question and not one Helen felt she could answer. Not to a stranger anyway.

'Anyway,' Helen carried on quickly, 'I just wanted to see how you were and give you a quick update on the case.'

There wasn't much to say of course – Helen had called him after the farm raids and the rest had been well covered by the newspapers – but Helen felt it was her duty to see how he was. If she couldn't solve[9] the case, she could at least keep an eye on[10] those who'd been most affected by it.

---

1. **Gamely :** *vaillamment.*
2. **To attempt :** *tenter, essayer.*
3. **Woolston :** banlieue de Southampton qui se trouve sur la rive est du fleuve Itchen.
4. **Present :** *cadeau.*
5. **Expensive :** *cher, onéreux.*

Chapitre 36

« Je ne m'attendais pas à vous revoir. »

« Ça fait partie du service », répondit vaillamment Helen en essayant de sourire.

« Voulez-vous entrer ? »

Colin Patterson s'écarta pour laisser passer Helen. Il vivait à Woolston dans un petit appartement communal qui ne payait pas de mine de l'extérieur – graffitis sur la porte, sonnette cassée – mais qui à l'intérieur était étonnamment agréable. Une grosse pile de cadeaux entourait déjà le sapin de Noël et une bouteille onéreuse de single malt était bien entamée.

« Je peux vous offrir une goutte ou bien vous êtes de service ? »

« Merci, mais je ne bois pas. »

« Vraiment ? demanda Patterson, l'air réellement surpris. Que faites-vous alors ? »

La question était légitime mais Helen ne se sentait pas capable de répondre. En tout cas, pas à un inconnu.

« Bref, enchaîna rapidement Helen, je voulais juste voir comment vous alliez et vous tenir rapidement au courant de l'enquête. »

Il n'y avait pas grand-chose à dire, bien sûr – Helen l'avait appelé après les descentes sur la ferme et les journaux avaient bien couvert le reste – mais Helen pensait qu'il était de son devoir de voir comment il allait. Si elle ne pouvait pas résoudre l'affaire, elle pouvait au moins garder un œil sur ceux qui en étaient le plus affectés.

---

6. **Under way :** *en cours, qui a déjà commencé.*
7. **Drop :** *goutte.*
8. **Fair :** *juste, équitable.*
9. **To solve :** *résoudre.*
10. **To keep an eye on :** *garder un œil sur, surveiller attentivement.*

'Not a pretty picture, is it?' Patterson gestured at the latest headlines in the *Southampton Evening News*[1], a copy[2] of which lay on the sofa. 'Poor devils[3] must have really suffered ...'

A snatched[4] photo of the immigrants being treated by paramedics stared back at Helen from the paper.

'What they must have gone through[5],' Patterson said, his breathing rattling slightly as he spoke.

'I'm afraid I haven't got any real news for you ... Like I said, we know that all these guys were trafficked from Spain via Southampton. We've still got eyes and ears down at the docks, though whether they'll use that route now is hard to tell.'

'All you can do is watch and wait, I suppose,' Patterson went on.

'I suppose so, I just wish we could have done more for Addisu, for all of them ...'

'You tried your best[6]. Now, are you sure I can't get you a drink of something?' he asked, the concern evident in his voice.

'No, you're all right, but I might have a smoke[7], if that's ok?'

Helen pulled a cigarette from her pack and offered one to Patterson.

For a moment, he looked a little nonplussed[8], then, patting[9] his chest, replied:

'I'm trying to give them up. But don't let me stop you.'

---

1. ***Southampton Evening News*** : nom inventé par l'auteur. Le quotidien régional de Southampton se nomme *The Southern Daily Echo*.
2. **Copy :** *exemplaire, numéro.*
3. **Devil :** *diable.*
4. **To snatch :** *voler, arracher.*

« Ce n'est pas reluisant, n'est-ce pas ? » Patterson fit un geste vers les derniers gros titres du *Southampton Evening News*, dont un exemplaire était posé sur le canapé. « Les pauvres diables ont vraiment dû souffrir... »

Dans le journal, Helen vit une photo volée des immigrants en train d'être soignés par des ambulanciers.

« Ce qu'ils ont dû traverser », dit Patterson, sa respiration sifflant légèrement en parlant.

« J'ai bien peur de ne pas avoir vraiment de nouvelles à vous donner... Comme je l'ai dit, nous savons que tous ces types ont été acheminés d'Espagne via Southampton. Nous avons toujours des yeux et des oreilles sur les quais, mais il est difficile de dire s'ils utiliseront de nouveau cette route maintenant. »

« Tout ce que vous pouvez faire, c'est observer et attendre, je suppose », poursuivit Patterson.

« Je suppose, oui, j'aurais juste aimé pouvoir faire plus pour Addisu, pour eux tous... »

« Vous avez fait de votre mieux. Bon, vous êtes sûre que je ne peux rien vous offrir à boire ou autre ? » demanda-t-il d'une voix clairement inquiète.

« Non, ne vous en faites pas, mais je fumerais bien une cigarette, si ça ne vous dérange pas ? »

Helen en sortit une de son paquet et l'offrit à Patterson.

Pendant un instant, il eut l'air un peu déconcerté, puis, se tapotant la poitrine, répondit :

« J'essaie d'arrêter. Mais ne me laissez pas vous en priver. »

---

5. **To go through :** *traverser, endurer.*
6. **To try your best :** *faire de son mieux, faire tout son possible.*
7. **To have a smoke :** *fumer,* (fam.) *s'en griller une.*
8. **Nonplussed :** *dérouté, perplexe.*
9. **To pat :** *tapoter.*

Helen lit her cigarette gratefully, drawing deeply on it. She looked around the room for an ashtray[1], but could find none. In fact, there were none of the telltale[2] signs of a smoker's home here – in Helen's flat her lighter[3] and cigarettes were always close at hand.

'Could I grab an ashtray?' she asked. 'I'd hate to drop ash all over your lovely carpet[4].'

'Of course, sorry.'

Apologizing[5], her host[6] hurried off to the kitchen. Helen waited patiently in the living room, listening to the clattering[7] emanating within, her hand cupped[8] beneath her cigarette to catch the falling ash. A couple of minutes later, Patterson emerged, clutching a china[9] saucer[10].

'Can't find the wretched[11] thing. This'll have to do,' he said brightly, placing it on the table.

Despite his bonhomie, there was something awkward in his tone now, a failure to meet her eye. Helen could tell he was lying and she realized now that he was flustered because he didn't own[12] an ashtray. This wasn't particularly suspicious in itself – maybe he hung out the living room window like many others – yet his fingernails were unstained and she remembered now that he had hardly smoked the cigarette she'd given him at the roadside following the accident. So why had he asked for it?

---

1. **Ashtray :** *cendrier* ; **ash :** *cendre*.
2. **Telltale :** *révélateur, typique*, de **to tell tales** : *cafarder, moucharder* ; **telltale signs** : *des signes qui ne trompent pas*.
3. **Lighter :** *briquet*.
4. **Carpet :** *moquette, tapis*.
5. **To apologize :** *s'excuser*.
6. **Host :** *hôte*.

Helen alluma sa cigarette avec gratitude, en tirant profondément dessus. Des yeux, elle chercha un cendrier dans la pièce, mais n'en trouva pas. D'ailleurs, il n'y avait là aucun des signes révélateurs qu'on trouve dans une maison de fumeur – dans l'appartement d'Helen, son briquet et ses cigarettes étaient toujours à portée de main.

« Pourriez-vous me donner un cendrier ? demanda-t-elle. Je ne voudrais pas laisser tomber de la cendre sur votre belle moquette. »

« Bien sûr, désolé. »

S'excusant, son hôte se précipita dans la cuisine. Helen attendit patiemment dans le salon, écoutant le cliquetis qui émanait de la pièce, la main en coupe sous sa cigarette pour attraper la cendre tombante. Quelques minutes plus tard, Patterson émergea, serrant une soucoupe en porcelaine.

« Je n'arrive pas à mettre la main dessus. Ça devrait faire l'affaire », dit-il légèrement en la posant sur la table.

Malgré sa bonhomie, son ton avait maintenant quelque chose d'étrange, une incapacité à croiser son regard. Helen voyait bien qu'il mentait et elle comprit alors qu'il était agité parce qu'il ne possédait pas de cendrier. Ce n'était pas particulièrement suspect en soi – peut-être fumait-il à la fenêtre du salon comme beaucoup d'autres – mais ses ongles n'étaient pas tachés et elle se souvint alors qu'il avait à peine fumé la cigarette qu'elle lui avait donnée au bord de la route après l'accident. Alors pourquoi l'avait-il demandée ?

---

7. **Clattering :** *cliquetis, fracas.*
8. **To cup :** *mettre qqch en coupe.*
9. **China :** *porcelaine.*
10. **Saucer :** *soucoupe, sous-tasse.*
11. **Wretched :** *misérable.*
12. **To own :** *posséder.*

Patterson was jigging[1] up and down on the balls of his feet[2] now, watching in silence as Helen finished her cigarette. The smoke was clearly irritating him – or his lungs at least – so Helen stubbed it out[3], preparing to make her excuses and leave. Before she could do so, however, Patterson started to cough. He had been trying to calm his lungs for a while, patting his chest repeatedly, but now he broke into a long and violent coughing fit. It wasn't nice to listen to – painful, mucus-laden[4] hacking[5] – and as Helen stood there awkwardly, a spectator to his suffering, she suddenly realized where she'd heard that awful sound before.

1. **To jig :** *danser allègrement, sautiller.*
2. **Ball of the foot :** *plante du pied.*
3. **To stub out :** *éteindre, écraser.*
4. **Laden :** *chargé.*
5. **Hacking :** *toux sèche.*

Patterson dansait à présent d'un pied sur l'autre, regardant Helen finir sa cigarette en silence. La fumée l'irritait visiblement – ou du moins ses poumons – alors Helen l'écrasa, se préparant à dire au revoir avant de partir. Cependant, avant qu'elle ne puisse le faire, Patterson commença à tousser. Il avait essayé pendant un moment d'apaiser ses poumons en se tapotant la poitrine à plusieurs reprises, mais il fut alors pris d'une longue et violente quinte de toux. Ce n'était pas agréable à écouter – des crachats douloureux, chargés de mucus – et, alors qu'Helen se tenait là maladroitement, spectatrice de sa souffrance, elle réalisa soudain où elle avait déjà auparavant entendu cet horrible son.

37

Patterson insisted on seeing Helen back to her bike.

'Can't be too careful round here,' he confided to her, nodding meaningfully[1] towards a group of youths[2] who loitered[3] at the street corner.

'I think I can handle myself[4].'

'I don't doubt it,' Patterson agreed wryly.

They were heading towards her bike now, passing a row of garages that adjoined the block of flats[5].

'What's the damage?' Helen said, gesturing towards the garages.

'Sorry?'

'Your van. What's the repair bill[6] going to be?'

There was a brief pause, then Patterson replied:

'Haven't put it in yet.'

Now it was Helen's turn to pause.

'I thought you needed it. For your work?'

'I do ...'

'Don't tell me you've been driving it?'

'No. Well, maybe a little bit ...'

'Surely its not roadworthy[7]?'

McBain would have enjoyed this, Helen thought to herself – she sounded like a real traffic officer. But Patterson did not look like he was enjoying himself – in fact, he looked decidedly keen to end the conversation and send her on her way.

'You didn't come all this way to check up[8] on my van now, did you?' he said lightly.

'Mind if I have a look[9]?' Helen asked quickly, refusing to be fobbed off[10].

---

1. **Meaningfully :** *d'un air entendu, de manière significative.*
2. **Youth** [juːθ] **:** *jeunesse, jeunes.*
3. **To loiter :** *traîner.*
4. **To handle oneself :** *se débrouiller, se défendre.*
5. **Block of flats :** *immeuble.*
6. **Bill :** *facture.*

Chapitre 37

Patterson insista pour raccompagner Helen à sa moto.

« On n'est jamais trop prudent par ici », lui confia-t-il en faisant un signe de tête éloquent vers un groupe de jeunes qui traînaient au coin de la rue.

« Je peux me débrouiller toute seule. »

« Je n'en doute pas », convint Patterson avec ironie.

Ils se dirigeaient à présent vers sa moto, passant devant une rangée de garages qui jouxtaient l'immeuble.

« Quels sont les dégâts ? » demanda Helen en faisant un geste vers les garages.

« Pardon ? »

« Votre camionnette. Combien vont coûter les réparations ? »

Il y eut une courte pause, puis Patterson répondit :

« Je ne l'ai pas encore fait contrôler. »

Ce fut alors au tour d'Helen de marquer une pause.

« Je pensais que vous en aviez besoin. Pour votre travail ? »

« Oui... »

« Ne me dites pas que vous la conduisez quand même ? »

« Non. Enfin, peut-être un peu... »

« Mais elle n'est sûrement pas en état de rouler ? »

McBain se serait bien amusé, pensa Helen – elle avait l'air d'un véritable agent de la circulation. Mais Patterson n'avait pas l'air de s'amuser – en réalité, il avait l'air bien décidé à mettre fin à la conversation et à la voir partir.

« Allez, vous n'avez pas fait tout ce chemin pour vérifier ma camionnette, n'est-ce pas ? » dit-il légèrement.

« Ça vous embête si je jette un œil ? » demanda vite Helen, refusant de se laisser envoyer balader.

---

7. **Roadworthy** ['rəʊdwɜːʳðɪ] **:** *en bon état de marche* ; **roadworthy test** : *contrôle technique.*
8. **To check up :** *vérifier.*
9. **To have a look :** *jeter un œil.*
10. **To fob off :** *utiliser de faux prétextes pour détourner l'attention, réorienter ou mettre fin à une série de questions, une enquête, etc.*

Again Patterson hesitated, unsure how to respond, so Helen continued:

'A quick once-over[1] and I can tell you if you're likely to get pulled up over or not?'

Helen was chancing her arm now. She had no right to look at his van without a warrant, but was banking on[2] Patterson not wanting to appear defensive or shifty[3]. Thankfully, he relented[4], but it was with ill grace that he opened the garage door for her. Helen stepped inside, flicking the strip lights[5] on.

The lock-up[6] was gloomy and sad. Venturing[7] inside, Helen found the large Ford Transit van parked up. As she'd remembered, it was badly dented at the front, the right wheel arch arcing dangerously back towards the tyre[8].

'Not looking good, I'm afraid,' Helen said, as she continued her circuit of the van.

Patterson ignored her, standing by the entrance, clearly not keen to prolong her inspection by engaging in conversation. But an idea was forming in Helen's mind now and as she reached the back of the van, she yanked the doors open.

'Surely you don't need to see in there,' Patterson protested.

Helen ignored him, climbing up into the body of the van. It was large, high-ceilinged[9] and far more spacious than it appeared from the outside. Intriguingly[10], the interior of the van had been modified. Plywood[11] had been attached to the walls and ceilings and on top of that a thick layer of cork[12].

---

1. **Once-over :** *coup d'œil rapide mais expert*, parfois *scrutateur*, voire *indiscret*, selon les contextes.
2. **To bank on :** *compter sur, miser sur.*
3. **Shifty :** *louche, pas net.*
4. **To relent :** *céder.*
5. **Strip light :** *néon.*
6. **Lock-up :** *entrepôt, débarras.*

De nouveau, Patterson hésita, ne sachant pas comment répondre, alors Helen continua :

« Un rapide coup d'œil et je vous dirai si vous avez ou non des chances de vous faire arrêter ? »

Helen prenait là un risque. Elle n'avait pas le droit d'inspecter sa camionnette sans mandat, mais elle misait sur le fait que Patterson ne voudrait pas paraître louche ou sur la défensive. Heureusement, il céda mais lui ouvrit la porte du garage de mauvaise grâce. Helen y entra et alluma les néons.

L'entrepôt était lugubre et triste. S'aventurant à l'intérieur, Helen trouva la grande camionnette Ford Transit garée. Comme dans son souvenir, elle était sévèrement cabossée à l'avant, le passage de roue droit s'incurvant dangereusement vers le pneu.

« C'est mal parti, j'en ai peur », dit Helen en continuant à faire le tour de la camionnette.

Patterson l'ignora, restant debout près de l'entrée, manifestement peu désireux de prolonger son inspection en engageant la conversation. Mais une idée était en train de germer dans l'esprit d'Helen et, lorsqu'elle atteignit l'arrière de la camionnette, elle ouvrit les portes d'un coup sec.

« Vous n'avez sûrement pas besoin de regarder là-dedans », protesta Patterson.

Helen l'ignora et grimpa à l'intérieur de la camionnette. Elle était grande, haute de plafond et bien plus spacieuse qu'elle n'y paraissait de l'extérieur. L'intérieur de la camionnette avait été curieusement modifié. Du contreplaqué avait été fixé aux parois et au plafond, et par-dessus, on avait mis une épaisse couche de liège.

---

7. **To venture :** *s'aventurer, se hasarder.*
8. **Tyre** (UK), **tire** (US) **:** *pneu.*
9. Cf. **ceiling :** *plafond.*
10. **Intriguingly :** *curieusement, étrangement.*
11. **Plywood :** *contreplaqué.*
12. **Cork :** *liège.*

Alarm bells were ringing for Helen[1] now and she found herself moving deeper into the body of the van. The interior was completely swathed in cork, with one notable exception. At the very front of the van – at the point where the body of the vehicle connected to the driver's cab – there was a small hatch. This was presumably to allow communication between front and back. Why this was necessary was unclear, as Patterson only transported foodstuffs[2] for his local cash and carry[3] business.

Helen walked towards the small hatch grimly[4], fearful of what she was about to discover. And as she looked through it her heart sank. Hanging from the rearview mirror, clearly visible from the rear of the truck, was an image of St Christopher.

And now it all slotted[5] into place. Colin Patterson was the trafficker and his killing of Addisu was no accident. *He* was the man at Manor Farm that day. He had set off after Addisu in his van – deliberately running him over as he tried to escape, to prevent him blowing the whistle[6] on Patterson's lucrative trafficking operations. The trafficker's racking cough and diseased lungs were not the result of smoking – Helen strongly suspected that he had contracted tuberculosis from his exposure[7] to the illegal immigrants arriving from Africa. His ruse in asking for a cigarette at the crash site was done simply to disguise the fact that he suffered from the same disease as his victim. Since that day, Helen had been keeping the wily[8] Patterson up to speed with their investigation – it was thanks to *her* that he had stayed away[9] from the docks.

'Mr Patterson?'

---

1. M. à m. « les sonnettes d'alarme sonnaient pour Helen ».
2. **Foodstuffs :** *denrées alimentaires, aliments.*
3. **Cash and carry :** *libre-service de gros.*
4. **Grimly :** *d'un air grave, d'un air sombre.*
5. **To slot into :** *se glisser, s'insérer, s'intégrer.*
6. **To blow the whistle :** *dénoncer, dévoiler.*

Tout cela éveilla alors les craintes d'Helen et elle entreprit de fouiller plus avant la camionnette. L'intérieur était complètement recouvert de liège, avec une exception notable. À l'avant de la camionnette, à l'endroit où la carrosserie du véhicule était reliée à la cabine du conducteur, se trouvait une petite trappe. Elle devait permettre la communication entre l'avant et l'arrière du véhicule. La nécessité de ce dispositif manquait de clarté car Patterson ne transportait que des denrées alimentaires pour son entreprise locale de vente en gros.

Helen se dirigea d'un air sombre vers la petite trappe, inquiète de ce qu'elle allait découvrir. Et quand elle regarda au travers, son cœur se serra. Accroché au rétroviseur, clairement visible depuis l'arrière du camion, se trouvait une image de saint Christophe.

À présent, tout se mettait en place. Colin Patterson était le trafiquant et il n'avait pas tué Addisu par accident. C'était *lui* l'homme à Manor Farm ce jour-là. Il s'était lancé à la poursuite d'Addisu avec sa camionnette, l'écrasant délibérément alors qu'il tentait de s'enfuir, pour l'empêcher de dénoncer ses lucratives opérations de trafic. La toux qui rongeait le trafiquant et ses poumons malades n'étaient pas dus au tabac – Helen soupçonnait fortement qu'il avait contracté la tuberculose au contact des immigrés clandestins arrivant d'Afrique. Sa demande de cigarette sur le lieu de l'accident visait simplement à dissimuler le fait qu'il souffrait de la même maladie que sa victime. Depuis ce jour-là, Helen avait tenu le rusé Patterson au courant de leur enquête – c'était grâce à *elle* qu'il était resté loin des quais.

« Monsieur Patterson ? »

---

7. **Exposure :** *exposition, contact.*
8. **Wily :** *rusé, malin.*
9. **To stay away :** *garder ses distances, éviter.*

Silence from outside. Helen now realized how foolish she'd been, venturing into the lock-up alone. Immediately, her hand went to her belt, her fingers closing around her baton.

'Mr Patterson?' she shouted, her voice wavering slightly, as she marched towards the back of the van.

But a sound now made her turn. The door to the cab had suddenly slammed[1] shut and to her horror, Helen heard the engine start up. She scurried towards the rear doors, but the van was already in motion and, losing her balance, she stumbled sideways, crashing into the cork walls.

The van shot backwards out of the garage then, without warning, braked sharply. Helen was off balance and could only claw[2] helplessly[3] at the smooth[4] cork as she flew[5] backwards. She seemed to be flying – somersaulting[6] wildly in the air – before she came to earth with a brutal thump on the cold tarmac.

The van was only a few feet from her. Patterson gunned[7] the engine, as Helen scrambled to her feet. If he shot backwards now, she would be done for, suffering the same cruel fate as Addisu. But to her relief, she heard the van's gears shift noisily and Patterson shot off down the road away from her.

Her heart was in her mouth, adrenaline mingling[8] with fear, but she recovered quickly. She was on her bike in less than a minute and roaring after Patterson, the young men on the corner of the street watching on in amazement[9].

---

1. **To slam :** *claquer.*
2. **To claw at :** *tirer sur.*
3. **Helplessly :** *impuissant, désespérément.*
4. **Smooth** [smuːð] **:** *lisse.*
5. **To fly, flew, flown :** *voler.*

Silence au-dehors. Helen réalisa alors à quel point elle avait été imprudente de s'aventurer seule dans l'entrepôt. Immédiatement, sa main alla à sa ceinture, ses doigts se refermant sur sa matraque.

« Monsieur Patterson ? » cria-t-elle, sa voix légèrement tremblante, tandis qu'elle se dirigeait vers l'arrière du fourgon.

Mais un bruit la fit se retourner. La porte de la cabine se referma soudain et, à sa grande horreur, Helen entendit le moteur démarrer. Elle se précipita vers les portes arrière, mais la camionnette était déjà en mouvement et, perdant l'équilibre, elle trébucha sur le côté, s'écrasant contre le mur en liège.

La camionnette sortit du garage en reculant à toute vitesse puis, sans prévenir, freina brusquement. Helen était déséquilibrée et ne pouvait que s'agripper impuissante à la surface lisse du liège tandis qu'elle était propulsée en arrière. Elle eut l'impression de voler – de faire une folle culbute dans les airs – avant de retomber brutalement à terre sur le bitume froid, dans un bruit sourd.

La camionnette n'était qu'à quelques mètres d'elle. Patterson fit ronfler le moteur, tandis qu'Helen se dépêchait de se mettre debout. S'il fonçait maintenant en arrière, elle était foutue et subirait le même sort cruel qu'Addisu. Mais à son grand soulagement, elle l'entendit changer bruyamment les vitesses de la camionnette et foncer sur la route en s'éloignant d'elle.

Elle avait le cœur au bord des lèvres, l'adrénaline se mêlant à la peur, mais elle se remit rapidement. En moins d'une minute, elle était sur sa moto et, dans un vrombissement, se lança à la poursuite de Patterson, sous le regard stupéfait des jeunes gens au coin de la rue.

---

6. **To somersault** ['sʌməsɔːlt] : *faire un saut périlleux.*
7. **To gun :** *faire ronfler.*
8. **To mingle :** *mélanger, se mêler.*
9. **Amazement :** *stupéfaction, étonnement.*

38

Patterson was a local and it showed. He knew his way around Southampton, darting up side alleys, cutting red lights, doing everything he could to throw Helen off[1] his tail[2]. Helen fought hard to stay close to him, not an easy task when you're driving one-handed[3].

'This is WPC Grace. I'm in pursuit of a suspect on Marlborough Road.'

Helen radioed in the details, then gratefully placed her hand back on the handlebars. Patterson was changing direction sharply, which was hard for Helen to do with one hand – on more than one occasion she'd skidded[4] while trying to do so. Now, however, she had full control of her bike and ramped up her speed. After days of floundering[5] blindly in the dark, she was determined to bring this difficult case to a close.

Patterson was speeding south now, heading for the ring road[6]. He would be able to speed up there, but he stood a much greater chance of being intercepted by traffic police. As if sensing this, Patterson suddenly cut across the lanes, making it onto the exit ramp[7] just in time. Helen jammed on the brakes, the bulky van just missing her, before following suit. An articulated lorry[8] roared past, blaring its horn, but Helen made it across unscathed[9], speeding down the exit in pursuit.

They were now entering the docks. Helen suddenly had a nasty thought that Patterson had an escape plan lined up[10].

---

1. **To throw off :** *semer, se débarrasser de.*
2. **Tail :** *filature.*
3. **One-handed :** *à une seule main.*
4. **To skid :** *déraper.*
5. **To flounder** ['flaʊndəʳ] **:** *patauger, piétiner.*
6. **Ring road :** *périphérique.*

Chapitre 38

Patterson était du coin et ça se voyait. Il savait bien se diriger dans Southampton, fonçant dans des ruelles cachées, brûlant les feux rouges, faisant tout ce qu'il pouvait pour semer Helen. Elle se démenait pour ne pas le lâcher, une tâche guère facile quand on conduit d'une seule main.

« Ici l'agente Grace. Je suis à la poursuite d'un suspect sur Marlborough Road. »

Helen transmit par radio les détails, puis, soulagée, replaça sa main sur le guidon. Patterson changeait brusquement de direction, ce qui était difficile pour Helen avec une seule main – plus d'une fois, elle avait dérapé en essayant de le faire. Maintenant, cependant, elle avait le contrôle total de sa moto et accéléra. Après des jours à piétiner aveuglément dans l'obscurité, elle était déterminée à mener cette enquête difficile à son terme.

Patterson roulait maintenant à toute allure vers le sud, en direction du périphérique. Là, il pourrait aller plus vite, mais il aurait beaucoup plus de chances d'être intercepté par la police de la route. Comme s'il l'avait senti, Patterson coupa soudainement les voies, arrivant sur la rampe de sortie juste à temps. Helen appuya sur ses freins, la camionnette encombrante la manquant de peu, avant de reprendre la poursuite. Un semi-remorque passa devant elle en klaxonnant, mais Helen réussit à traverser sans encombre, prenant la sortie à toute vitesse pour continuer sa course.

Ils arrivaient maintenant sur les quais. Helen eut soudain la désagréable impression que Patterson avait prévu un plan d'évasion.

---

7. **Exit ramp :** *rampe de sortie.*
8. **Articulated lorry :** *semi-remorque.*
9. **Unscathed** [ʌn'skeɪðd] **:** *indemne, sain et sauf.*
10. **To line up :** *organiser, prévoir.*

Somewhere to hide out in? Perhaps even a boat to spirit him away[1]? If he had, it was down to her to stop him. Patterson had probably guessed that she'd radioed in her pursuit, hence his sudden change of direction.

'Suspect now proceeding to the Western Docks. Repeat, the Western Docks.'

Pocketing[2] her radio once again, Helen increased her speed. The roads near the docks were deserted, the workers having returned home for the night, so Helen felt liberated to pull back hard on her throttle. Patterson's vehicle was bigger than hers, but she was faster. With a sudden burst of speed, she drew alongside him. He didn't notice[3] at first, surprised by the speed of her arrival, and Helen reached out a hand towards the van, determined to wrench[4] the passenger side door open. Suddenly Patterson saw her and yanked the steering wheel hard left, the van lurching towards her. Helen did likewise, her wheels locking[5]. The bike shook[6], threatening to topple over, but killing her speed and jamming her foot down, Helen managed to right[7] herself.

She had lost valuable[8] time and the van was speeding away from her once more. Helen pulled the throttle as far back as it would go, the bike lurching violently forward. She just about managed to stay on and was soon bearing down on[9] her quarry once more. In her mind's eye[10], she could see Patterson nervously looking in his mirrors, cursing her dogged[11] pursuit of him.

She was only thirty feet behind him, now twenty, now ten ....

---

1. **To spirit away :** *escamoter, subtiliser.*
2. **To pocket :** *empocher, mettre dans sa poche.*
3. **To notice :** *remarquer.*
4. **To wrench** [rentʃ] **:** *tirer d'un coup sec, tirer violemment sur.*
5. **To lock :** *bloquer, verrouiller.*
6. **To shake, shook, shaken :** *trembler.*
7. **To right :** *se redresser* ; **right :** *droit.*

Un endroit où se cacher ? Peut-être même un bateau pour l'escamoter ? Si c'était le cas, elle seule pouvait l'arrêter. Patterson avait probablement deviné qu'elle avait signalé être à ses trousses, d'où son changement soudain de direction.

« Le suspect se dirige maintenant vers les quais ouest. Je répète, les quais ouest. »

Rangeant une fois de plus sa radio dans sa poche, Helen augmenta sa vitesse. Les routes près des quais étaient désertes, les ouvriers étant rentrés chez eux pour la nuit, Helen se sentait donc libre d'appuyer à fond sur l'accélérateur. Le véhicule de Patterson était plus grand que le sien, mais elle était plus rapide.

Avec un brusque coup d'accélérateur, elle s'approcha le long du véhicule. Il ne s'en aperçut pas tout de suite, surpris par la rapidité de son arrivée, et Helen tendit une main vers la camionnette, bien décidée à tirer violemment sur la porte côté passager pour l'ouvrir. Soudain, Patterson la vit et donna un grand coup de volant à gauche, la camionnette faisant une embardée vers elle. Helen fit de même, ses roues se bloquant. La moto trembla, menaçant de basculer, mais en réduisant fortement sa vitesse et en mettant un pied à terre, Helen parvint à se redresser.

Elle avait perdu un temps précieux et la camionnette s'éloignait à nouveau d'elle. Helen appuya sur l'accélérateur au maximum et la moto fit une violente embardée en avant. Elle réussit tout juste à rester dessus et se dirigea bientôt de nouveau vers sa proie. Dans son esprit, elle imaginait Patterson regarder nerveusement dans ses rétroviseurs, maudissant son acharnement à le poursuivre.

Elle n'était plus qu'à dix mètres derrière lui, puis à six, puis à trois...

---

8. **Valuable :** *de valeur, précieux.*
9. **To bear down on :** *foncer sur.*
10. M. à m. « dans l'œil de son esprit ».
11. **Dogged :** *tenace, obstiné.*

She pulled up alongside him once more. But this time he was ready for her, swinging[1] wildly to the left once more. This time the side of the van hit her and Helen now found herself careering[2] towards the warehouse wall. She squeezed the brakes tightly but her momentum was irresistible now and she just had time to dismount, before her bike smashed into the unyielding brick wall. She followed suit, hitting the wall hard, before rebounding off it onto the ground.

Even as she lay there, disoriented and stunned[3], she could hear the van speeding away. Despite her best efforts, Patterson had escaped.

---

1. **To swing :** *balancer.*
2. **To career :** *filer, foncer à une vitesse effrénée dont on maîtrise tout juste la direction.*
3. **Stunned :** *sonné, étourdi.*

Elle se mit une fois de plus à son niveau. Mais cette fois-ci, il l'attendait et fit de nouveau un grand écart sur la gauche. Cette fois, le côté de la camionnette la heurta et Helen se retrouva précipitée vers le mur de l'entrepôt. Elle serra fort les freins mais son élan était irrésistible et elle eut juste le temps de sauter, avant que sa moto ne s'écrase contre le mur de brique inflexible. Elle suivit de peu, frappant le mur de plein fouet, avant de rebondir sur le sol.

Alors qu'elle était étendue là, désorientée et étourdie, elle entendait la camionnette s'éloigner à toute vitesse. Malgré tous ses efforts, Patterson s'était échappé.

39

'Suspect heading west towards Quay 21.'

Helen clambered[1] unsteadily[2] to her feet, as she radioed in her update.

'I'm no longer in pursuit, please advise[3] all units to be vigilant.'

A disconsolate[4] Helen clicked off[5], looking down at her bike. It was badly damaged, probably beyond repair[6], and she grimaced at the thought of what McBain would say when he got wind of it. She had wanted to play the hero, but had only succeeded in destroying valuable police property and cracking[7] a rib or two in the process, judging by the sharp, nagging[8] pain in her left flank[9].

Turning away from the mangled bike, a breathless Helen cast an eye down the dockside. The white van looked tiny now in the middle distance. It was probably half a mile away from her already and about to disappear from view. Helen watched it go, seething[10] with anger and frustration. She was about to turn away in disgust, when suddenly she saw the van's red brake lights spring on[11]. Even at this distance, she could hear the squeal[12] of tyres and moments later the sound of sirens. Now Patterson was reversing quickly and, as he executed a sharp 180-degree turn, Helen realized why. A patrol car had entered the docks from the western end, cutting off Patterson's escape route. The trafficker was not free and clear yet.

---

1. **To clamber :** *se hisser.*
2. **Unsteadily** [ʌn'stedɪlɪ] **:** *en titubant.*
3. **To advise :** *conseiller, informer.*
4. **Disconsolate** [dɪs'kɒnsələt] **:** *inconsolable.*
5. **To click :** *cliquer.*
6. **Repair :** *réparation.*

Chapitre 39

« Le suspect se dirige à l'ouest, vers le quai 21. »

Helen se redressa d'un pas chancelant, tout en transmettant par radio la nouvelle.

« Je ne suis plus à ses trousses, veuillez dire à toutes les unités qu'elles doivent être vigilantes. »

Helen, inconsolable, raccrocha en baissant les yeux vers sa moto. Elle était très endommagée, probablement irréparable, et elle grimaça à l'idée de ce que dirait McBain quand il l'apprendrait. Elle avait voulu jouer les héroïnes, mais n'avait réussi qu'à détruire un bien précieux de la police et à se casser une ou deux côtes au passage, à en juger par la douleur aiguë et lancinante qu'elle ressentait à gauche.

Se détournant de la moto abîmée, Helen, essoufflée, jeta un coup d'œil vers le quai. La camionnette blanche semblait désormais minuscule à distance moyenne. Elle était probablement déjà à près d'un kilomètre d'elle et sur le point de disparaître de son champ de vision. Helen la regarda partir, bouillonnant de colère et de frustration. Elle était sur le point de se détourner avec dégoût quand soudain, elle vit les feux de freinage rouges de la camionnette s'allumer. Même à cette distance, elle entendit le crissement des pneus et, quelques instants plus tard, le son des sirènes. Maintenant, Patterson faisait rapidement marche arrière et, tandis qu'il exécutait un virage serré à 180 degrés, Helen comprit pourquoi. Une voiture de patrouille était entrée dans les docks par l'extrémité ouest, coupant l'itinéraire de repli de Patterson. Le trafiquant n'était pas encore libre ni sain et sauf.

---

7. **To crack :** *se fissurer.*
8. **Nagging :** *tenace, lancinant.*
9. **Flank :** *côté, flanc.*
10. **To seethe :** *bouillir.*
11. **To spring :** *surgir, jaillir.*
12. **Squeal** [skwiːl] **:** *crissement.*

The white van sped back along the dockside, Patterson driving at top speed. There were no turn-offs[1] available to him – the dockside was bordered by a warehouse on one side and the water on the other – which meant that he was now speeding directly back towards Helen. She was slow in reacting to the danger, heavily concussed[2] and with her limbs still aching from the battering[3] they'd taken, but now she turned and ran. Her progress was faltering, desperate – she knew she couldn't outrun[4] him, but up ahead she now saw two more patrol cars speeding towards her. If she could make it to them, before Patterson caught up with her, she would have a chance. If not ...

She raised her pace, swallowing down the agony[5]. Pain seared[6] through her body, bringing tears to her eyes, but on she went. She could hear the van bearing down on her, could feel her resolve weakening. She was running as fast as she could, her limbs somehow[7] obeying her, as she fought to escape a violent death. The sound of the van's engine was getting louder, but so too were the patrol cars' sirens and now they shot past her, jamming their brakes on and spinning[8] sideways to form a barrier across the dockside.

Helen lunged forward, only just making it clear[9], as Patterson's van veered[10] right, clipping[11] the nose of one police car, before breaking sharply to avoid the next, which slid helplessly past. Now the way was clear for Patterson, if he was quick. But he had braked to a standstill[12] and Helen now saw her chance. Summoning what strength remained, she stumbled[13]

---

1. **Turn-off :** *embranchement.*
2. Cf. **to concuss :** *commotionner.*
3. **Battering :** *raclée.*
4. **To outrun :** *distancer, semer.*
5. **Agony = pain, suffering.**
6. **To sear :** *brûler.*
7. **Somehow :** *tant bien que mal, d'une manière ou d'une autre.*
8. **To spin :** *tourner très rapidement.*

La camionnette blanche repartit le long des quais, Patterson conduisant à toute vitesse. Il n'y avait pas d'embranchement possible – le quai était bordé d'un côté par un entrepôt, de l'autre par l'eau –, ce qui signifiait qu'il se précipitait directement sur Helen. Elle fut lente à réagir face au danger, lourdement commotionnée et ses membres encore endoloris par le choc de la chute, mais elle finit par se retourner et se mit à courir. Sa progression était hésitante, désespérée – elle savait qu'elle ne pouvait pas le distancer, mais devant elle, elle aperçut deux autres voitures de patrouille qui fonçaient dans sa direction. Si elle pouvait les rejoindre, avant que Patterson ne la rattrape, elle aurait une chance. Sinon...

Elle accéléra le rythme, ravalant sa souffrance. La douleur lui traversait le corps et lui faisait monter les larmes aux yeux, mais elle continua. Elle entendit la camionnette qui fonçait sur elle, elle sentit sa détermination faiblir. Elle courait aussi vite que possible, ses membres lui obéissant tant bien que mal, alors qu'elle se battait pour échapper à une mort violente. Le bruit du moteur de la camionnette était de plus en plus fort, mais celui des sirènes des voitures de patrouille aussi qui, alors, passèrent devant elle et, freinant à fond, virèrent sur le côté pour former une barrière à travers le quai.

Helen se précipita en avant, se dégageant juste à temps, tandis que la camionnette de Patterson tournait à droite, heurtant l'avant d'une voiture de police, avant de freiner brusquement pour éviter la suivante, qui dérapa, impuissante. La voie était désormais libre pour Patterson, s'il était rapide. Mais il avait freiné au point de s'arrêter et Helen y vit une occasion. Rassemblant ce qu'il lui restait de force, elle avança

---

9. **Clear :** *clair, dégagé.*
10. **To veer :** *virer, tourner.*
11. **To clip :** *taper.*
12. **Standstill :** *arrêt.*
13. **To stumble :** *trébucher* ; **to stumble forward** : *avancer avec difficulté, en risquant de trébucher.*

forward, yanking open the passenger door. Patterson reacted, slamming his foot on the accelerator, but, grabbing hold of the seat, Helen hauled[1] herself inside, even as the van shot forward.

A fist flew directly at her, but she batted it away, clinging[2] desperately to the seat edge with her other hand. The van was speeding along now, Helen's feet hanging out of the open door. She knew that if she was dislodged, she would fall into the path of the pursuing vehicles, so she clung on for dear life[3], even as Patterson's fist flew at her again, this time catching her on the shoulder. As he raised his fist again, she hauled herself up, getting her knees onto the seat and grasping the wheel with her right hand.

Immediately, Patterson slammed his fist down on her fingers. Helen cried out in pain but refused to let go[4], attempting to turn the van around by tugging[5] the wheel towards her. Roaring in anger, Patterson brought his fist down again, before suddenly arrowing[6] an elbow towards his assailant[7]. Helen hadn't been expecting this move and his pointy elbow caught her in the throat, knocking her backwards. She suddenly felt breathless and nauseous, vomit creeping up her throat. Patterson saw his chance. Letting go of the wheel for a second, he shoved[8] her forcefully away. Helen fell backwards towards the open door, saving herself at the last minute by grabbing hold of the open door. Patterson sensed victory, but he'd taken his eyes off the road momentarily and hadn't detected the van's slow drift[9] to the right. Helen spotted[10] it before he did – the warehouse wall looming[11] fast towards them – and without hesitation leapt from the van.

---

1. **To haul :** *tirer, porter.*
2. **To cling to :** *s'accrocher, se cramponner à.*
3. **For dear life :** (expr.) *de toutes ses forces.*
4. **To let go :** *lâcher, laisser tomber.*
5. **To tug :** *tirer sur.*
6. Cf. **arrow :** *flèche.*
7. **Assailant** [ə'seɪlənt] **:** *agresseur, assaillant.*

en titubant, tirant sur la porte du passager. Patterson réagit en appuyant sur l'accélérateur mais, s'agrippant au siège, Helen se hissa à l'intérieur, tandis que le van fonçait en avant.

Un poing vola immédiatement dans sa direction, mais elle le repoussa, s'accrochant désespérément au bord du siège avec son autre main. Le van roulait à toute allure, les pieds d'Helen pendaient dans le vide par la porte ouverte. Elle savait que, si elle était éjectée, elle tomberait devant les véhicules qui les poursuivaient, alors elle s'accrocha de toutes ses forces, même lorsque le poing de Patterson vola de nouveau vers elle, la frappant cette fois-ci à l'épaule. Lorsqu'il leva de nouveau son poing, elle se releva, posa ses genoux sur le siège et saisit le volant de la main droite.

Immédiatement, Patterson écrasa son poing sur ses doigts. Helen cria de douleur mais refusa de lâcher prise, essayant de faire tourner la camionnette en tirant le volant vers elle. Rugissant de colère, Patterson abattit à nouveau son poing, avant de décocher soudainement un coup de coude à son assaillante. Helen ne s'attendait pas à ce mouvement et la pointe de son coude la frappa à la gorge, la projetant en arrière. Elle se sentit soudainement essoufflée et nauséeuse, le vomi lui montait à la gorge. Patterson saisit sa chance. Lâchant le volant pendant une seconde, il la repoussa avec force. Helen tomba en arrière vers la porte ouverte, se sauvant au dernier moment en se cramponnant à la porte. Patterson se sentait victorieux, mais il avait quitté momentanément la route des yeux et n'avait pas perçu la lente dérive de la camionnette vers la droite. Helen la repéra avant lui – le mur de l'entrepôt se rapprochait rapidement d'eux – et, sans hésitation, elle sauta de la camionnette.

---

8. **To shove** [ʃʌv] **:** *pousser, bousculer.*
9. **Drift :** *dérive, mouvement.*
10. **To spot :** *repérer.*
11. **To loom :** *se profiler, se dessiner de façon menaçante ou dangereuse, souvent en parlant de quelque chose d'énorme (ou qui paraît tel) qui se rapproche.*

Time seemed to stand still[1] now. From her prone position on the ground, Helen watched as the van sped towards the wall, before coming to a sudden, savage[2] halt. Metal screamed, glass shattered and then suddenly all was still. The chase was over.

Scrambling to her feet, ignoring the patrol cars that were pulling up around her, Helen hurried towards it. She was hobbling as fast as she could, expecting the van to erupt[3] in flames at any moment. Her heart was in her mouth – surely Patterson couldn't have survived such an impact?

Running over the broken glass, she peered into the crumpled cab and called out his name. To her surprise, she got a response. The fugitive was badly shaken, but essentially unharmed, pinned to his seat by the fully inflated[4] airbag. Helen could barely suppress a smile. Airbags had only become standard last year. Although Patterson would never see it this way, he had had a very lucky escape[5] today.

---

1. **To stand still :** *ne pas bouger, rester immobile.*
2. **Savage** ['sævɪdʒ] **:** *féroce, violent.*
3. **To erupt** [ɪ'rʌpt] **:** *exploser, entrer en éruption.*
4. **Inflated :** *gonflé.*
5. **Escape :** *fuite, échappatoire.*

À présent, le temps semblait s'être arrêté. De sa position face contre terre, Helen regarda la camionnette foncer vers le mur, avant de s'arrêter soudain, violemment. Le métal crissa, le verre se brisa, puis ce fut le calme. La course-poursuite était terminée.

Se remettant sur pied, ignorant les voitures de patrouille qui s'arrêtaient autour d'elle, Helen se précipita vers le véhicule. Elle boitillait aussi vite que possible, s'attendant à ce que la camionnette prenne feu à tout moment. Son cœur battait la chamade – était-il possible que Patterson ait survécu à un tel impact ?

Courant sur le verre brisé, elle jeta un coup d'œil à l'intérieur de la cabine démolie et l'appela. À sa grande surprise, elle reçut une réponse. Le fugitif était sérieusement secoué, mais grosso modo indemne, cloué sur son siège à cause de l'airbag qui était entièrement gonflé. Helen put à peine réprimer un sourire. Les airbags n'étaient devenus la norme que l'année précédente. Même si Patterson ne le verrait jamais ainsi, il avait eu de la chance d'échapper au pire.

'I don't know how you keep doing it, Helen, but you do ...'

Helen noted Whittaker's use of her first name, but refused to blush. She sensed this was what he was hoping for.

'Do you do it to make us fellas look bad? Or do you just like putting on the cape and mask[1]?'

'Just doing my job, sir.'

'How did I know you were going to say that?'

There was a brief pause in the conversation, as the ambulance fired up the blues and twos[2] and headed away from the docks.

'Is Patterson going to be ok?'

'They'll check him over at St Mary's, see if there are any internal injuries, but he was sitting up and talking, so he should be fine. Which is more than can be said for one of our primary pieces of evidence.'

Whittaker's eyes had alighted[3] on the crumpled van, which was now being hoisted[4] onto a recovery[5] truck.

'Yes, I'm sorry about that,' Helen replied quickly. 'But in the circumstances ...'

'You've nothing to be sorry for, Helen. We all owe[6] you a great debt.'

For a moment, Helen was speechless[7]. Senior officers were far more likely to steal the credit than hand out praise.

---

1. M. à m. « est-ce que vous aimez juste mettre une cape et un masque ? »
2. Expression qui fait référence à la lumière bleue des gyrophares et à la sirène à deux tons des ambulances britanniques.
3. **To alight :** *se poser.*
4. **To hoist :** *hisser.*

Chapitre 40

« Je ne sais pas comment vous faites, Helen, mais pourtant vous y arrivez... »

Helen remarqua que Whittaker l'avait appelée par son prénom, mais s'interdit de rougir. Elle sentait que c'était ce qu'il espérait.

« Est-ce que vous le faites pour nous donner, à nous autres, une mauvaise image ? Ou bien est-ce que vous aimez juste jouer les superhéros ? »

« Je fais juste mon travail, chef. »

« Je savais bien que vous me répondriez ça ! »

Il y eut une brève pause dans la conversation, pendant laquelle l'ambulance déclencha son gyrophare et sa sirène hurlante et s'éloigna des quais.

« Est-ce que Patterson va s'en sortir ? »

« Ils vont l'examiner à St Mary pour voir s'il a des blessures internes, mais il était assis et parlait, donc ça devrait aller. On ne peut pas dire la même chose concernant l'une de nos principales pièces à conviction. »

Les yeux de Whittaker s'étaient posés sur la camionnette cabossée, qui était maintenant hissée sur un camion de récupération.

« Oui, je suis désolée, répondit rapidement Helen. Mais vu les circonstances... »

« Vous n'avez pas à être désolée, Helen. Nous avons tous une dette énorme envers vous. »

Pendant un moment, Helen resta sans voix. Les supérieurs étaient bien plus enclins à s'attribuer le mérite qu'à faire des éloges.

---

5. **Recovery** [rɪ'kʌvərɪ] **:** *récupération.*
6. **To owe :** *devoir qqch à qqn.*
7. **Speechless :** *sans voix.*

'Anyway, there is plenty[1] for me to do now,' Whittaker continued, taking his leave. 'But stay in touch[2], eh?'

He turned to go, but couldn't resist a parting shot[3].

'I foresee[4] great things for you.'

---

1. **Plenty :** *beaucoup, plus qu'assez.*
2. **To stay in touch :** *rester en contact.*
3. **Parting shot :** *pique finale.*
4. **To foresee** [fɔːr'siː] **:** *prévoir, anticiper.*

« Quoi qu'il en soit, j'ai beaucoup de choses à faire maintenant, poursuivit Whittaker en prenant congé. Mais restez en contact, hein ? »

Il se retourna pour partir, mais ne put résister à une ultime repartie.

« Je vois de grandes choses dans votre avenir. »

41

It was Christmas morning, but the cemetery was far from empty. It was a crisp, sunny day and as Helen walked along the carefully manicured[1] path she was pleased to see several families paying their respects to those they'd loved and lost. Thoughts of Marianne immediately filled her head[2]. What was she doing right now? Did she ignore Christmas completely? Did it make her angry? Or did she allow herself a little happiness, taking some pleasure in the brief relaxation[3] of prison rules on the big day?

She would probably never know, so, pushing these thoughts to the back of her mind, Helen strode on towards the plot. She soon found it and paused a moment to admire the sparkling new headstone. Helen had insisted that the force pay for one out of their Victim Support Fund and to her surprise they'd agreed. The message on the stone was brief – 'Addisu Tesfaye, 1971–1993, Gone but not forgotten' – but it said enough. Helen was moved to see that there were already two bouquets of flowers by the grave and she now added her own. It was the least she could do for a young man who'd deserved so much better.

Helen stayed for a few minutes, then turned and made for the gates once more. Christmas Day spread out in front of her, but for once she didn't feel downcast. Today she had a plan. She had spotted a new Indian restaurant, which proudly proclaimed it would be open on Christmas Day. She would go there shortly, pick up a takeaway[4] of all her favourite tandoori treats, then head home for a lazy Christmas lunch in front of whatever film the BBC decided to air. It wasn't a conventional Christmas Day, but it was as conventional as she was prepared to go. Truth be told, she didn't fancy turkey this year.

---

1. **Manicured :** *parfaitement entretenu.*
2. M. à m. « des pensées de Marianne lui remplirent immédiatement la tête ».
3. **Relaxation :** *détente, assouplissement.*
4. **Takeaway :** de **takeaway food :** *plats à emporter* (**to take away :** *emporter*).

Chapitre 41

C'était le matin de Noël, mais le cimetière était loin d'être vide. C'était une journée fraîche et ensoleillée et, tandis qu'Helen marchait le long du chemin soigneusement entretenu, elle fut heureuse de voir plusieurs familles rendre hommage à ceux qu'ils avaient aimés et perdus. Elle se mit immédiatement à penser à Marianne. Que faisait-elle en ce moment ? Est-ce qu'elle choisissait d'ignorer complètement Noël. Est-ce que cela la mettait en colère ? Ou bien s'autorisait-elle un peu de bonheur et se réjouissait-elle quand même du bref relâchement des règles de la prison le jour J ?

Elle ne le saurait probablement jamais. Alors, repoussant ces pensées au fond de son esprit, Helen se dirigea vers le lopin de terre. Elle le trouva rapidement et s'arrêta un moment pour admirer la nouvelle pierre tombale étincelante. Helen avait insisté pour que la police en paie une à partir de leur fonds d'aide aux victimes et, à sa grande surprise, ils avaient accepté. Le message sur la pierre était bref – « Addisu Tesfaye, 1971-1993, qui nous a quittés mais n'est pas oublié » – mais il en disait assez. Helen fut émue de voir qu'il y avait déjà deux bouquets de fleurs près de la tombe et elle y ajouta le sien. C'était le moins qu'elle pouvait faire pour un jeune homme qui aurait mérité tellement mieux.

Helen resta quelques minutes, puis fit demi-tour et se dirigea à nouveau vers les grilles. La journée de Noël s'étalait devant elle, mais pour une fois elle ne se sentait pas abattue. Aujourd'hui, elle avait un plan. Elle avait repéré un nouveau restaurant indien, qui proclamait fièrement qu'il serait ouvert le jour de Noël. Elle s'y rendrait bientôt, prendrait à emporter tous ses plats tandooris préférés, puis rentrerait chez elle pour un déjeuner de Noël paresseux devant le film que la BBC avait décidé de diffuser. Ce n'était pas un jour de Noël traditionnel, mais c'était suffisamment traditionnel pour elle. À vrai dire, elle n'avait pas envie de manger de dinde cette année.

Imprimé en Espagne par
Liberdúplex
à Sant Llorenç d'Hortons (Barcelone)
en juin 2022

POCKET - 92, avenue de France - 75013 Paris

S32744/01